KB271735

아무런 꿈이 없던 농촌 지게꾼이
대학교수가 될 수 있도록 도움을 주신 모든 분들께
감사드리고 여기까지 인도하신 하나님께
영광을 돌립니다

빛진 자
— 어느 늦깎이 교수의 삶의 이야기

채병조 지음

초판 1쇄 발행 | 2010년 6월 28일
초판 3쇄 발행 | 2011년 8월 17일

발행처 | 도서출판 작은씨앗
공급처 | 도서출판 보보스
발행인 | 김경용

등록번호 | 제 300-2004-187호   등록일자 | 2003년 6월 24일

서울시 서초구 서초동 1355-17 서초대우디오빌 1008호
전화 02 333 3773   팩스 02 735 3779
이메일 | ky5275@hanmail.net

ISBN 978-89-6423-113-5 13810

잘못된 책은 구입하신 서점에서 바꾸어 드립니다.

빚진 자

어느 늦깎이 교수의 삶의 이야기

채병조 지음

사랑의 빚과 은혜를 생각하며…

어느 날 누군가가 정말로 감사하다는 생각이 들 때가 있습니까? 나는 농업고등학교를 졸업하고 그저 부모님의 농사일이나 거들고 있던 중, 이렇게 살다가는 아무런 희망과 미래가 없겠다는 것을 깨닫게 되었고 늦게나마 꿈을 찾아 갖은 노력과 역경 끝에 남들보다 10여 년이나 늦은 나이에 늦깎이 대학교수가 되었습니다.

지나고 보니 오늘의 내가 있기까지는 내가 잘해서라기보다는 나를 도와준 고마운 분들이 많았기 때문이라는 것을 알게 되었습니다. 세상에 태어난 것만으로도 누구에겐가 큰 빚을 지는 것이라고 했는데 꿈이 없던 지게꾼이 대학교수가 된 이면에는 많은 사람들에게 물심양면으로 사랑의 빚을 지게 되었다는 것입니다. 그러니 나는 '빚진 자'입니다.

더욱 중요한 것은 하나님께 큰 감사를 드리지 않을 수 없다는 것입니다. 내가 도움의 손길이 필요할 때마다 나를 도울 사람을 만나게 해주시고 공부할 수 있도록 여건을 조성해 주신 분이 하나님이기 때문입니다. 이러한 도움이 없었더라면 나는 교수는커녕 대학도 졸업할 수 없었을 것입니다.

나는 전형적인 유교사상에 젖어 있던 가정에서 태어나 자라면서 성장기 동안 하나님을 알지 못했습니다. 대학교 2학년 때 교회에 발을 들여 놓게 되었지만 나의 믿음은 성장하지 못하였습니다. 다행히 믿음이 좋은 아내와 결혼한 후로는 '겨자씨' 정도로 작았던 나의 믿음이 알게 모르게 성장하여 부족함에도 불구하고 2007년에는 분에 넘치는 장로의 직분까지 임직받게 되었습니다.

솔직히 고백하자면, 나는 하나님을 머리로는 쉽게 이해했습니다. 그러나 하나님의 사랑을 가슴으로 느끼기까지는 많은 시간이 걸렸습니다. 하나님의 진정한 사랑을 느끼고 보니 내가 잘해서 되었다고 여긴 모든 생각들이 얼마나 부끄러웠는지 모릅니다. 나의 앞날을 예비하시고 인도하시는 분이 하나님이기 때문입니다. 사도 바울의 "나의 나 된 것은 오직 하나님의 은혜"란 말이 나의 고백이 되었습니다.

대학에서는 교수로서 학문연구와 더불어 학생들을 가르치는 일을 하고, 교회에서는 대학청년부의 부장직과 고문직을 맡아오면서 자연스럽게 젊은이들과 대화할 기회가 많이 주어졌습니다. 그렇게 젊은이들을 만나면서 느낀 점도 많습니다. 분명한 것은 적지 않은 젊은이들이 좋은 환경에도 불구하고 자신들의 삶에 대한 명쾌한 목표를 설정하지 못하고 있다는 것과 과거에 내가 그러했듯 하나님을 제대로 이해하지 못하고 있다는 것입니다. 이런 점에 대해서 나는 늘 아쉬움을 느껴왔습니다.

그래서 나는 나를 도와준 모든 분들께 고마움도 전하면서 젊은이들에게 나의 삶, 생각 그리고 믿음이 보잘것없을지라도 아래와 같은 점에서 다소나마 도움이 되길 바라는 마음으로 이 책을 출간하기로 하였습니다.

첫째, 젊은이들이 확고한 꿈을 설계하고 그 꿈의 성취를 위해 도전하기를 소망해 봅니다. 아울러 진정한 삶의 의미가 무엇인지를 깨닫고 보다 열정적인 삶, 나아가 성공적인 삶을 살아가길 바랍니다.

둘째, 아직도 하나님을 만나지 못한 사람들에게 내가 만난 하나님의 무한한 사랑을 전함으로써 하나님의 사랑을 체험하도록 하고 싶습니다.

이 책에서 평소 내가 좋아하는 명언과 성경구절 그리고 내가 의미 있게 접했던 책들도 인용하였는데, 독자들에게 도움이 되길 바라는 바입니다. 이 책의 내용을 요약해 보면 다음과 같습니다.

제1부는 내 자신이 꿈을 찾아 나섰던 과정입니다. 고등학교를 졸업할 때까지 아무런 꿈도 없이 지내던 내가 생각이 바뀌어 대학과

대학원에 진학함으로써 한 분야의 전문가, 즉 대학교수가 되기 위한 발판을 마련했다는 점을 서술했습니다.

제2부는 꿈의 성취에 관한 것입니다. 더 넓은 세상으로 나아가기 위해서는 공부를 열심히 해야 한다는 것과 아무리 어려운 환경에 처해 있더라도 진정한 용기와 신념이 있으면 꿈의 성취가 가능하다는 것을 강조하였습니다.

제3부는 성공에 관한 것입니다. 진정한 성공의 의미와 성공한 이후의 삶이 중요하다는 점을 서술하였습니다. 또한 성공에 이르기까지 다른 사람들로부터 받게 되는 도움은 일종의 빚이므로 그것을 갚기 위해서는 또 다른 사람들의 성공을 도와주어야 한다는 점을 역설하였습니다.

제4부는 성공적인 직장생활에 관한 것입니다. 학업을 마치면 대부분 직장을 선택하고 일을 해야 하는데 어떤 직장을 선택하는 것이 좋은지, 그리고 일은 어떻게 하는 것이 좋은지에 관해 나의 작은 경험을 소개했습니다. 주변을 돌아보면 직장생활에 실패한 사람들, 그리고 직장생활에서는 성공하였으나 가정생활에 실패한 사람들이 많은데 이 부분을 살펴보며 해결점을 제시해 보았습니다.

제5부에서는 삶의 의미를 다루었습니다. 나는 철학이나 신학 등 관련분야를 전공한 사람은 아니지만 젊은이들을 대하면서 그들이 삶의 의미를 제대로 설정하지 못하고 있는 경우가 많다는 것을 보고 나의 작은 생각을 전달해 보기로 하였습니다.

　나의 삶의 이야기를 정리하면서 결코 내 자신을 자랑하지 않고, 오직 하나님의 영광만이 나타나기를 기도했습니다. 그리고 지금까지는 나 자신을 위해 살아왔지만 앞으로는 빚진 자로서 하나님의 뜻에 따라 남을 더욱 섬기며 살게 해달라고 기도하고 있습니다.

　다시 한 번 나를 도와주신 모든 분들께 머리 숙여 감사드립니다. 아울러 부족한 원고에 조언과 교정까지 도움을 주신 저의 대학원 시절 은사님이신 서울대학교 한인규 명예교수님(이학박사, 목운문화재단 이사장), 순복음 춘천교회 박민수 안수집사님(문학박사, 춘천교육대학교 전 총장 및 명예교수)과 김헌 목사님, 그리고 원고를 잘 정리하여 출간에 힘써 주신 작은씨앗 출판사에 깊은 감사를 드립니다.

꿈을 키웠던, 그리고 아직도 키우고 있는 춘천에서

채병조

차례

나는 무엇을
꿈꾸고 있는가?

01

꿈이 없는 삶을 생각해 본 일이 있는가? 우리의 삶 속에서 꿈이 없다면 아마 사는 자체가 의미 없을 것이다. 나는 가난한 농촌가정의 장남으로 태어나 농사꾼이 된다는 것 외엔 미래에 대한 아무런 꿈과 비전을 갖지 못하고 성장기를 보냈다. 그러나 고등학교를 졸업한 후 어려운 농촌현실을 직시하면서 그대로 주저앉을 수는 없다는 생각이 들기 시작했다. 늦었지만 내 꿈을 찾아 더 넓은 세상으로 나가야 되겠다고 생각했다. 보다 유익한 삶을 위해서 어떻게 하는 것이 좋을까 고민한 끝에 대학에 진학해야겠다는 새로운 결심, 즉 나의 첫 꿈을 꾸게 되었다. 농업고등학교를 졸업한 터라 주변 여건이 그리 쉽지는 않았지만 부단한 노력으로 대학에 진학하고 나아가 대학교수가 되기 위한 관문인 대학원에 입학하게 되었다.

꿈이 없는 삶은 공허하다

인생의 비극은 목표에 못 미친 것이 아니라
도전할 목표를 갖지 못한 것이다
— 나탈리 뒤 루어

지금은 대학교수가 되었지만 나는 고등학교를 졸업할 때까지 아무런 꿈도 없이 살아왔다. 경제적으로 넉넉지 못한 농촌가정에서 육남매 중 맏아들, 그것도 종갓집 장손으로 태어나 어려서부터 집안 대물림으로 부모님의 농사일을 이어서 해야만 하는 것으로 생각했기 때문이었다.

내가 태어난 1950년대 중반의 우리나라 경제 현실은 동족상잔의 비극이었던 6·25 전쟁의 상처로 거의 파산상태였다. 그 결과 농촌은 극심한 가난과 식량난에 허덕여야만 했다. 1960년대까지도 보릿고개라는 식량난이 남아 있었다. 보릿고개란 주로 햇보리 수확시기 직전을 말한다. 지난해 거두어들인 곡물(구곡)이 끝나고 다시 햇곡을 수확할 때는 대개 식량이 모자라는데 첫 번째 수확하는 햇곡이 보리여서 이것을 보릿고개, 또는 춘궁기(春窮期)라고도 불렀다.

그런 때에 나같이 경제적으로 어려운 농촌 젊은이들이 거대한 꿈을 갖기란 사실 불가능한 일이었다. 그저 배불리 먹을 수만 있다면 무슨 일이든 마다하지 않았다. 밥이 싫으면 라면 먹고, 라면이 싫으면 햄버거를 찾는 요즘의 젊은이들에게 그 당시 우리나라의 어려웠던 식량사정을 이야기하면 잘 믿지도 않을 것이다. 몇 가지 예를 통해 의식주가 제대로 해결되지 못했던 나의 힘들었던 성장기 시절을 잠시 되돌아보고자 한다.

지금은 추억이 되었지만 1960년대 나의 성장기는 초라하기 그지없었다. 내가 태어난 강원도 동해 농촌에서는 감자, 옥수수, 보리, 조 등이 주식이었으며 쌀은 귀하기도 하고 농사를 지으면 팔아서 학비에 보태야 했기 때문에 아주 특별한 날에만 쌀밥을 먹을 수 있었다. 곡식이 부족하니 양을 늘려 배를 채우기 위해 죽을 쑤어 먹기 일쑤였다. 당시 초등학교에서는 가난한 집안 학생들을 대상으로 미국이 후진국 원조사업으로 보내준 옥수수 가루와 분유를 제공하기도 했다.

옷이나 양말은 수차례, 아니 더 이상 기우지 못할 정도가 되어야 버렸고, 신발은 주로 검정 고무신이었다. 옷이나 고무신을 새로 샀을 때는 너무 좋아 잘 때 안고 자기도 했다.

신발에 대한 기억이 새롭다. 나는 1961년에 초등학교에 입학한 후 졸업할 때까지 운동화 한 번 신어보지 못했다. 친구들과 어울려 공을 차려면 운동화가 꼭 필요한데 나와 같이 어려운 형편의 친구들은 매번 맨발이었다. 고무신을 신고 공을 차면 신발이 공보다 더 멀리 날아가 웃곤 했다.

1967년에 중학교에 진학하고 난 후로는 운동화를 신어야 했으니 (당시 중학교에서는 의무적으로 운동화를 신게 했다) 어머니가 운동화를 사주셨고 그것을 신고 공을 차니 신이 났던 기억이 생생하게 남아 있다.

당시의 농촌 현실을 이야기할 때 빼놓을 수 없는 것은 대부분의 가정에 이(lice)가 많았다는 사실이다. 그래서 이를 잡는 수단으로 각 가정에서 농약의 일종인 DDT가루를 옷 안에 뿌리곤 했는데 그 결과 학교에 가면 나를 포함하여 친구들의 옷 밖으로 이가 기어다니기도 하였다. 웃지 않을 수 없는 일이었다.

또한 당시를 잘 대변해 주는 것으로 기생충 이야기를 빼놓을 수 없다. 학교에서 단체로 기생충 약을 먹이는 경우에는 수업 도중 친구들의 항문에서 회충이 기어 나와 교실바닥으로 기어다니는 것을 목격하기도 했다. 당시의 회충약은 회충이 죽지 않고 산 채로 몸 밖으로 배출되기도 했던 것이다. 학생들이 학교에서 나눠준 회충약을 잘 안 먹으니까 선생님이 죽은 회충을 수거해서 학교에 가져오라고까지 하셨던 기억이 난다.

1970년대 들어서는 박정희 전 대통령이 '잘 살아보세!'라는 슬로건으로 실시한 새마을운동 덕분에 농촌사정도 다소 호전되어 먹을 것은 어느 정도 해결되었다. 그러나 여전히 마음 편하게 공부할 수 있는 농촌가정은 그리 많지 않았다. 우리 집 역시 먹고살 정도였지 대학에 갈 형편은 아니었다.

대학진학이라는 꿈이 애초에 없었기에 중학교를 졸업하고 나는 별 생각 없이 농업고등학교로 진학했다. 당시 나는 두 분의 선생님에게 진로에 대한 조언과 지도를 받았는데 한 분은 신입생 유치 홍보차 오신 농업고등학교 선생님이셨다. 그분은 우리에게 "농촌의 자녀들이 농촌을 버리면 우리나라는 살기 어렵다. 여러분이 농촌을 떠나면 누가 농촌을 책임질 것인가?"하고 호소하다시피 농고진학을 권유했다. 대학진학을 못하는 나에게는 위로가 되는 말씀이기도 했다.

다른 한 분은 3학년 담임 선생님이셨는데 나에 대해 많은 관심을 가져주셨던 선생님의 생각은 조금 달랐다. 중학교에서 비교적 학업 성적이 우수했기에 농고로 진학하길 원하는 나에게 "너는 머리가 그런대로 괜찮아 대학에 충분히 갈 수 있는데 왜 농고를 가겠다는 거냐? 농사일을 하더라도 배워서 해야 된다"고 하시면서 인문계 고등학교 원서를 가져오라고 수차례 말씀하셨다. 그러나 나는 이를 거절할 수밖에 없었다. 대학 갈 형편도 되지 않을뿐더러 당시 아버지 건강도 좋지 않아 시간만 있으면 집안일을 해야 했으니 인문계 고등학교에 가면 학교 공부를 따라갈 수가 없고, 농사일 거드는 데는 농고면 된다고 판단했기 때문이었다.

농고를 졸업할 때까지도 학교 공부는 퇴학당하지 않을 정도로만 하고 집안일을 우선적으로 돌보아야 했는데 고등학교를 졸업하니 그때부터는 본격적으로 매일 농사일만 해야 했다. 당시 농촌에는 리어카도 없어 모든 물건을 지게로 운반했고, 경운기도 없었으니 논밭은 소를 이용하여 갈아야 했다.

3월이 되면 농사일이 바빠지기 시작한다. 파종을 위해 먼저 논밭을 정비해야 하기 때문이다. 4월이 되면 본격적인 모내기 준비에 들어선다. 그야말로 눈코 뜰 새 없이 바쁘다. 학교 다닐 때는 부모님이 시키는 일을 옆에서 거들기만 하면 되었으나 이젠 집안일을 내가 직접 챙겨야 하니 책임감도 커졌다.

그런 와중에 나는 현실을 직시하게 되었다. 그 전에도 전혀 몰랐던 것은 아니지만 직접 농사일을 겪어보니 일은 몹시 힘들고 소득은 매우 낮다는 사실이다. 일부 부농을 제외하곤 대부분 겨우 먹고 살 정도였으며, 가난은 대물림될 수밖에 없다는 사실도 이때 알게 되었다.

모내기 일에 여념이 없던 5월 중순 어느 날 오후, 땔나무를 준비하려고 지게를 짊어지고 산으로 향했다. 부지런히 챙겨 지게에다 땔나무를 한껏 짊어지고 산비탈을 내려오는데 이건 아니라는 생각이 강하게 나를 압박하였다. '앞으로 무엇을 하며 어떻게 살아야 하는가? 이러한 삶을 계속 이어가야 하는가? 내 인생의 꿈은 무엇인가?' 하는 이런저런 의문이 생기기 시작한 것이다.

분명한 것은 지금 이대로 살아가다 보면 내 인생에는 꿈과 희망이 없겠구나 하는 것이었다. 힘들게 일하는 것은 억울하지 않지만 열심히 일해도 가난을 면하기 어렵다는 안타까운 현실이 나를 괴롭히기 시작했다.

나는 내 자신에게 다시 물었다. '너는 지금까지 무슨 생각으로 살아왔느냐!'고. 어떻게 생각하면 환경 때문에 그러했던 것이지만 사실 고등학교를 졸업할 때까지 내 자신을 방치하고 있었던 것이나 다름없었다. 맏아들로서 부모님의 일손을 덜어드리고 집안의 대를 이어 농사일을 하면서 '나는 효자다'라고 자위한다면 그나마 의미를 찾을 수 있겠지만 세월이 흘러 성인이 된 나의 모습을 그려보았을 때 후회하지 않을 것인지는 장담하기 어려웠다.

나는 꿈과 비전이 없는 답답한 농촌생활에서 어떻게 하든지 벗어나고 싶었다. 지금의 농촌생활은 너무도 많이 달라졌지만 그 당시의 농촌생활은 다람쥐 쳇바퀴 돌듯 동트면 일을 시작해서 땅거미 지면 마치고 저녁 먹고 잠자리에 드는 것이 생활의 전부였다. 물론 휴일도 없다. 비라도 오는 날은 그래도 쉴 수 있었지만 쉬고 난 다음날의 일은 더욱 힘들었다. 왜 사는지 삶의 의미조차 느끼지 못할 정도로 고달프고 답답했다.

당시 나의 꿈없던 생활이 얼마나 단조롭고 답답했었는지 솔직히 말해 다시 생각하고 싶지도 않다. 헬렌 켈러는 "앞을 못 보는 것보다 더 불행한 것은 앞을 볼 수 있으면서도 비전이 없는 것이다"라고 했는데 그 말은 그때의 내 심정을 잘 표현해 주고 있다. 인도의 성인 마하트마 간디는 "꿈이 없는 사람은 죽은 사람"이라고까지 했다. 그만큼 꿈은 중요한 것이다.

답답한 농촌생활에서 벗어나고 싶은 마음은 간절하였지만 다른 한편으로는 농촌에 뿌리 내려 농촌부흥을 위해 헌신해야 한다는 생각도 있었다. 내가 농촌에서 태어났으니 농촌을 위해 헌신하는 것이 나의 운명이 아니겠는가 하는 것이었다. 농촌 부흥을 위한 운동의 하나로 4-H란 것이 있다. 머리(head), 마음(heart), 손(hands), 그리고 건강(health)을 의미하는 머리글자 네 개를 말하며, 우리나라에서는 지(智), 덕(德), 노(勞), 체(體)로 번역하여 사용하고 있는 4-H 운동은 국가의 미래를 이끌어갈 젊은이들의 단체 활동으로 4-H 이념을 바탕으로 지역사회와 국가발전에 이바지하도록 하는 사회교육운동의 하나이다.

나는 농고를 다니면서 고향친구들과 그 활동을 열심히 했다. 마을의 길을 보수하기도 하고 일손이 모자라는 이웃 농민들을 도와주기도 했다. 기금을 만들기 위해 학교에서 돌아와 저녁 먹고 달밤에 이웃집 논밭에 퇴비를 뿌려주는 일도 했다.

어린 나이에도 불구하고 어른들에게 미래의 고향마을에 대한 비전을 제시하기도 하고 앞서가는 다른 농촌마을의 또래들과 교류하면서 비전을 공유하기도 했다. 그러나 당시 말할 수 없이 낙후된 농촌을 우리의 힘만으로 부흥시킨다는 것은 불가능하다는 생각이 들었다. 그런 가운데 가난에 지친 친구들은 돈을 벌기 위해 농촌을 떠나가고 있었으니 일할 사람도 점점 줄었다. 결국 나도 고향을 떠나가는 친구들과 같은 생각을 가질 수밖에 없게 되었다.

농촌생활에서 벗어나 다른 것을 하기로 하니 더 이상 주저할 것이 없었다. 문제는 '무엇을 할 것인가?'였다. 주변의 친구들을 살펴보니 대략 세 가지 유형이 있었다. 드물긴 해도 경제적 여유가 있어 대학에 진학하거나 공무원 시험 준비를 하거나, 아니면 아예 공장을 비롯한 일터를 찾아가는 것이었다. 물론 드물긴 해도 고향에 머무는 친구들도 있었다.

그러나 나에게는 어느 것 하나 마음에 와 닿는 것이 없었다. 농사 외에는 아무것도 생각해 본 것이 없었기 때문이었다. 그러나 그때 나는 더 큰 세상을 바라보기를 원했다. 현실도피가 아니라 꿈을 꾸기 시작한 것이다. '한 번 태어난 인생, 최대한 의미 있게 살아야 한다. 노력해서 가정경제도 굳건히 세우고 어려운 사람들을 위해 봉사도 해야겠다'고 다짐했다. 장남으로서 집안의 대를 이어 꼭 농사일을 해야 한다면 더 나이 들어서 해도 된다고 생각했다.

그렇게 마음을 먹자 일에 지쳐 몸은 피곤했지만 왠지 모르게 마음 한구석에서 활기가 돌고 의욕이 생겨나고 있음을 느꼈다. 지루하던 하루하루가 새롭게 느껴졌다. 막연하기는 해도 뭔가 할 수 있을 것 같은 자신감이 들기 시작했다. 꿈은 소망이며 삶의 동력이다. 그래서 성경은 "소망 중에 즐거워하라(로마서 12 : 12)"고 한 것이 아니겠는가!

『나를 찾아 떠나는 여행(최현복)』이란 책을 읽고 나는 많은 것을 느꼈다. 내용의 일부를 소개해 본다. "어느 순간, 살아 있다는 것 자체가 눈물 나도록 고맙게 느껴질 때가 있다. 가진 게 많아서도 아니고 남보다 건강해서도 아니며 누군가로부터 엄청난 사랑을 받고 있어서도 아니다. (중략) 그럼에도 불구하고 생이 아름답게 느껴지고, 주변 사람들이 고맙게 느껴지고, 살아 있다는 것 자체가 눈물 나게 감사한 것이다. 이유가 뭘까? 나는 알 수 없는 내일이 있기 때문이라고, 오늘은 사막이지만 내일은 오아시스를 만나게 될 희망이 있기 때문이라고 믿는다".

그렇다. '내일엔 내일의 태양이 떠오른다'고 했다. 지나온 우리의 삶은 후회해도 소용없고 중요하지도 않다. 어려운 현실만을 한탄할 것은 더욱 아니다. 앞으로 무엇을 하는가가 문제인 것이다. 즉 새로운 도약을 위한 전기를 마련해야 한다.

자신을 돌아보기

- 나의 꿈이 무엇인지 구체적으로 기록하여 보자.
- 내가 지금 하고 있는 일은 꿈을 이루기 위한 과정인가?
- 나의 꿈은 나의 것인가 아니면 주변의 권유인가?
- 나에게는 어떤 직업이 적성에 맞는지 생각해 보자.

첫 꿈을 잉태하다

농촌을 떠나기로 작정한 이상 무엇을 하든 빨리 실행에 옮겨야 한다고 생각했다. 주변에 별로 의논할 상대가 없어 혼자서 여러 가지 생각을 해보았다. 바둑을 두는 사람이 장고(長考)에 들어가듯 이런저런 생각으로 밤잠 설치기를 거듭했다. 잠 안 오는 밤, 하늘의 수많은 별들을 바라보며 이런저런 생각으로 머리가 너무나 복잡했다.

그런 가운데 어느 날 갑자기 어렸을 때의 이야기 하나가 떠올랐다. 초등학교 3학년 때의 일이었다. 한 고향 선배님의 주선으로 우연히 같은 반 친구들과 국어책 외우기 시합을 했는데 내가 일등을 했다. 사실 나는 학교에서는 공부를 잘하지 못하는 학생으로 통했는데 거기서 일등을 하니 사람들이 이상하게 생각했다.

그러나 내가 공부를 못한 것은 학교 수업시간 이외에는 숙제도 제대로 안 할 정도로 책을 전혀 접하지 않았기 때문이었다. 집에 있으면 농사일이 최우선이었기에 학교에서도 공부에 흥미를 느낄 수 없어 놀기만 했으니 당연한 결과였다.

나는 초등학교도 입학하기 전, 6살 때부터 지게를 지며 농사일을 했다. 학교에 가는 시간 이외에는 휴일도 없이 온종일 일했으며, 학교에서 돌아오면 가방을 문턱에 걸쳐놓고 밥 한술 먹고 논밭으로 일하러 나갔으니 공부가 될 리 없었다. 어떤 때는 소에게 먹일 꼴이 떨어지면 들녘에 나가 꼴 한 짐을 베어 놓고 학교에 갈 때도 있었으니 공부를 못하는 것은 지극히 당연했다.

그때 우리의 국어책 외우기 시합광경을 지켜보시던 한 어르신이 나를 보며 "너는 뭘 하든지 잘할 수 있겠구나. 나중에 서울이나 외국으로 유학을 가도 되겠다. 열심히 공부해 보아라"라고 격려해 주셨다. 그때 그 말씀을 더듬어 보면서 '나도 공부를 하면 잘할 수 있겠구나' 하는 생각이 들었다. 비록 농고를 다녀 공부를 제대로 못했지만(사실 못한 게 아니라 안 했다는 표현이 맞을 것이다) 앞으로 나도 열심히 하면 무슨 일이든지 잘할 수 있을 것이라는 자신감이 생겨난 것이다.

훌륭한 말 한마디가 평생을 좌우한다고 했는데 그 어르신의 한마디 말씀은 나에게 너무나 의미 있게 다가왔다. 데이빗 씨맨즈의 『좌절된 꿈의 치유 *Living with your dreams*』란 책을 보면 아무런 꿈이 없던 제시 오웬즈는 어린 시절 올림픽 금메달리스트인 찰리 패덕을 만나 그로부터 "자네가 그것을 목표로 삼고 모든 것을 그 일에 쏟아 붓는다면 분명 자네는 그렇게 될 수 있네"라는 말을 듣고 자신감을 가지고 노력하여 1936년 베를린 올림픽에서 세계기록을 경신하며 금메달을 목에 걸었다고 한다.

더스틴 호프만은 학창시절 말을 더듬었지만 "넌 잘할 수 있다"는 선생님의 격려 한마디에 힘을 얻어 유명한 배우로 성장했다고 한다.

유명한 암 전문의 원종수 박사는 고등학교 시절 "홀어머니네 외아들인 네가 성적이 이게 뭐니, 어떻게 하려고 그래!"란 담임선생님의 말에 충격을 받고 공부를 열심히 하여 당시 전교 350등에서 서울대학교에 합격하고 수석졸업, 그리고 의사고시 수석까지 했다고 한다.

'그래, 대학에 진학해 보면 어떨까? 중학교 3학년 때 담임선생님도 나에게 대학진학을 권하지 않았던가!'

그 기억으로 인해 나는 대학 진학에 대해 깊이 생각하게 되었다. 선생님 말씀처럼 아버지의 뒤를 이어 농사일을 하더라도 더 배워서 해야 한다고 생각했다. 그래야 남들보다 많은 소득을 올리고 경제적인 여유도 생겨 삶의 질도 나아질 게 아닌가! 그리고 농촌에 대한 헌신도 전문지식이 있어야 배가(倍加)될 수 있는 것이 아니겠는가!

『꿈꾸는 다락방(이지성)』이란 책에서 저자는 "무엇이든 꿈을 꾸어야만 이루어진다"고 했다. 자신이 원하는 바를 정확히 알아야 그것을 위해 무엇을 실천해야 할지를 정확히 알 수 있다는 것이다. 그렇기 때문에 막연한 꿈이 아닌 구체적이고 생생한 꿈, 즉 VD(vivid dream)를 갖는 것은 그것을 이루기 위한 가장 기초적이고 중요한 과정이다. 명확한 꿈을 가지고 항상 그것에 집중할 때 그 꿈은 비로소 현실이 된다는 것이다.

나는 더 이상 망설일 필요 없이 형언할 수 없는 어려움이 있음에도 불구하고 방향을 정했다. 짧은 기간 고민하면서 약간은 염두에 두었던, 장사를 배워 돈을 벌거나 공무원 시험 준비를 해본다거나 하는 일은 없던 일로 치부했다.

'그래, 대학에 진학하는 거야. 나도 할 수 있어!'

이렇게 나의 첫 꿈을 정했다. 목표를 정하고 나니 마음이 부풀고 벌써 대학생이 된 기분이 들었다.

목표를 정한 후 생각해 보아야 할 또 다른 면은 공부에 대한 나의 열정이었다. 머리가 좋거나 능력이 있다고 해서 어떤 일을 쉽게 이룰 수 있는 것은 아니다. 하고자 하는 일에 대한 열정이 있어야 하는 것이다. 대학을 가기로 결정하고 대학 입학시험 준비를 하려고 하니 겨우 4개월 정도의 시간밖에 없었다. 그런데 고등학교 3년 동안 공부한 것이 거의 없었으니 내가 어찌 대학 예비고사와 본고사를 통과할 수 있단 말인가? 믿기지 않는 이야기겠지만 중요한 과목 중의 하나인 영어의 경우 고등학교 내내 영어사전 한 권 없이 다녔다.

당시에는 지금의 수학능력시험이 아니라 대학입학 예비고사가 있었는데 예비고사는 일종의 대학 입학시험을 치를 자격을 주는 시험이었다. 대학 정원의 일정배수를 선발하기 때문에 인문계 고등학교를 나와도 떨어지는 학생들이 많았으며, 실업계 고등학교 출신이 합격하기란 거의 불가능한 시험이었다. 농고를 졸업할 때 적지 않은 학생들이 그 시험에 응시했으나 실제로 거의 대부분이 떨어졌다. 나는 고등학교 3년 내내 제대로 공부를 하지 않았으니 예비고사 영역도 몰랐고 실업계 고교 특성상 국어, 영어, 수학 등 대학입시에 중요한 과목은 너무나 준비가 부족한 형편이었다.

그러나 아무리 현실이 어렵다 해도 '나는 할 수 있다'는 굳은 믿음과 열정만은 누구도 꺾을 수 없음을 확인했다. 나아가 마음속에 일종의 오기마저 생겼다.

'공부가 어려우면 얼마나 어려울까? 지게 지는 것보다 더 힘드랴! 나무 한 짐 짊어지고 산을 넘어보라, 얼마나 힘든 일인지!'

그리고 내가 남들보다 머리가 나쁘면 그들보다 더 많은 시간 공부하면 되지 않겠는가! 토끼보다 느린 거북이가 경주에서 이겼다는 우화가 있듯이 나는 '노력하는 자에게는 장벽이 없다'는 생각을 했고 각오도 단단히 했다.

나는 내가 해야 할 일이라면 그것에 대한 의지가 매우 강한 편이다. 예를 들면 나는 지게로 물건을 옮길 때 항상 힘에 부치게 짊어졌다. 많은 양을 지지 않으면 운반하는 횟수가 늘어나 일하는 시간이 길어지기 때문이었다. 당시 나는 또래들에 비해 덩치는 작았지만 지게 짐은 항상 친구들보다 더 많이 졌다. 그래서 결혼 후 자녀들에게 "아빠는 어려서 지게 짐을 많이 진 탓에 키가 작다"라고 농담도 했다.

『공부가 가장 쉬웠어요(장승수)』라는 책을 보면 저자는 공부를 하는 것은 쉬운 일이라고 말한다. 막노동꾼으로 여러 가지 일을 해본 그가 공부를 해서 서울대학교에 수석입학을 하고 나서 한 말이다. 공부가 아무리 어려워도 몸으로 부닥치는 노동보다는 쉽다는 것이다.

나는 가난한 농촌가정, 초등학교를 겨우 졸업하신 부모님에게서 태어나 자랐지만 나에게 부모님에게서 받은 것 중 가장 큰 것을 들라고 하면 "하는 일을 열심히 그리고 최선을 다하는 삶의 자세이다"라고 할 것이다. 이것은 지금까지 내가 살아오는 데 있어서 가장 큰 정신적 유산이 되었다. 우리 6남매를 키우기 위해 동트기 전 새벽부터 해지고 어두워질 때까지 일하시고, 그것도 모자라서 남들이 다 자는 밤에도 논밭에 나가서 일하시던 부모님의 모습이 아직도 머릿속에서 지위지지 않는다.

내가 대학을 가겠다고 꿈을 꾸게 된 가장 큰 동기는 가난에서 벗어나고 싶은 욕망 때문이었다. 어릴 적 우리 집은 굶을 정도로 가난한 것은 아니었지만 먹고 싶은 것 먹고, 입고 싶은 것 입을 수 있는 그런 형편은 결코 아니었다. 설 같은 명절이라야 겨우 새 옷 한 벌 얻어 입고 고깃국 한 번 먹을 수 있을 정도였다. 그러니 대학진학은 그림의 떡이었고 가정에서 대화의 주제가 되지를 못했다.

결국 넉넉하지 못한 가정형편이 나로 하여금 공부를 더 해야 되겠다는 생각을 하게 만든 것이다. 만약 그 당시 우리 집이 부유했더라면 오늘날의 내가 있기는 어려웠을 것이다. 대학에 가지 않았거나 갔더라도 적당히 졸업이나 했을 것이다. 지나놓고 보니 어렸을 때 부끄럽게 생각했던 가난이 고생은 되었지만 전화위복이 된 셈이다.

주변을 살펴보면 가정형편이 어렵거나 다른 여러 가지 요인으로 인해 불행을 당하더라도 그런 어려운 환경과 조건에 정면으로 도전하여 승리를 이끌어 내는 경우를 많이 볼 수가 있다. 강영우의 『꿈이 있으면 미래가 있다』란 책을 보면 이런 것을 '네거티브 커패서티(negative capacity)'라고 하는데 우리말로 풀이하면 '부정적인 것들이 발휘하는 긍정적 자산'이라고 할 수 있다. 가난한 집에서 태어난 것은 결코 불행이 아니라 오히려 성공할 잠재력을 갖게 하는 좋은 기회라고 나는 생각한다.

부모가 가진 많은 재산이 자신의 행복한 앞날을 보장한다고 장담할 수는 없다. 오히려 자신을 게으르게 하고 방탕하게 하는 독이 될 수도 있는 것이다. 철강 왕으로 불리던 거부 카네기는 성공한 비결에 대해 "내가 가난한 집안의 가난뱅이 아들로 태어났기 때문이다. 그래서 가난을 잘 알고 가난을 이길 수 있는 법을 배울 수 있었다"라고 했다.

헬렌 켈러는 역경이 사람을 키운다고 역설했다.

"인간의 성격은 편안한 생활 속에서는 발전할 수 없다. 시련과 역경을 통해서 인간의 정신은 단련되고 또한 어떤 일을 똑똑히 판단할 수 있는 힘이 길러지며 더욱 큰 야망을 품고 그것을 성공시킬 수 있는 것이다".

물론 내가 대학진학을 결정한 것에는 공부에 대한 미련도 없지 않았다. 보통사람들이 가는 대학에 난들 왜 못 간단 말인가? 경제적인 여유는 없었지만 일단 대학에 입학만 하면 장학금을 받든, 아르바이트를 하든, 졸업은 할 수 있을 것이라고 믿었다. "지금 대학을 가지 못하면 나이 들어 분명히 후회할 것이다. 시도라도 해보자. 해서 안 되면 할 수 없지만 그래도 해보는 거다!" 하며 '나의 첫 꿈'인 대학 입학을 생각하기 시작한 것이다.

그것은 단순히 많은 돈을 벌어 잘살기보다는 좀 더 뜻있는 삶을 위해 더 넓은 세상으로 나아가기 위한 생각이었다. 이 세상에는 헤아릴 수 없는 수많은 사람들이 살다가 갔고 지금도 살고 있다. 그들 중에는 우리 인간이 보기에 위대한 사람도 있고 그렇지 못한 사람도 있다. 자신의 부귀영화만 누린 사람도 있고 남을 위해 목숨까지 내놓은 위인도 있다.

당시 나는 교회를 다니지 않았기 때문에 하나님을 몰랐다. 내가 태어난 곳은 시골이라 교회도 없었고 가끔 도시의 교인들이 전도차 우리 마을을 방문할 때면 "예수쟁이"라고 외면하기도 하고 심지어 욕까지 했던 기억이 난다. 유교사상에 젖어 있던 시골마을이라 교회 이야기는 아예 통하지 않았던 것이다.

여기서 '교회' 이야기를 하는 데는 이유가 있다. 내가 고등학교를 졸업하고 몇 달간 시골에서 머물렀던 기간은 숨통이 막힐 정도로 답답한 시간들의 연속이었다. 낮에는 일하느라 정신이 없었지만 밤에는 대화할 상대도 없는 골방에서 답답한 현실을 벗어나기 위해 홀로 온갖 공상을 다 했으니, 당시 내가 하나님을 알았다면 기도하며 하나님께 나의 앞길을 물었을 것이란 뜻이다.

그때 나는 하나님을 몰랐음에도 불구하고 은연중에 '한 인간이 이 세상에 태어나는 것은 분명히 어떤 의미가 있을 것'이란 생각이 들기도 했다. 영혼을 지닌 사람은 동물과 다르지 않은가! 그러니 내가 이 세상에 태어난 것은 하나님(당시는 하늘)의 뜻이 분명히 있을 거라는 것이다.

대학에 입학한 후 2학년이 되어 나는 교회에 나가기 시작했고 성경과 목사님의 말씀을 통해 당시 나의 생각이 옳았음을 확인하고는 매우 기뻤다. 성경에서는 "하나님의 형상을 따라 사람을 만드셨다(창세기 1 : 27)"고 했으며, "모든 것을 그의 목적을 위해 만드셨다(잠언 16 : 4)"라고 했다.

우리는 하나님의 창조물이고 그 창조물은 필요에 의해 만들어지는 법이다. 나 역시 이 세상에 태어난 목적이 있다는 것이다. 지나고 보니 당시 하나님을 알지 못해 나의 창조주이신 하나님과 아무런 소통 없이 내 스스로 진로를 결정했다는 아쉬움이 남는다. 앤디 스탠리가 "당신의 계획을 하나님의 비전과 혼동하지 말라"고 한 말이나, "하나님께 기도하지 않고 자신의 길을 선택하는 것은 우상숭배와 마찬가지"란 어느 목사님의 설교 말씀이 생각난다. 내가 대학교수까지 되었으니 잘되었다고 생각할 수 있으나 그것은 그저 세상적인 생각일 뿐이다. 어려서부터 하나님을 믿으며 살아왔더라면 더욱 좋았을 것이라고 생각해 본다.

자신을 돌아보기

- 첫 꿈을 확실히 설계하고 이룰 수 있는 구체적인 계획을 세워보자.
- 나의 재능은 무엇인가 생각해 보자.
- 어떤 일을 할 때 그것에 대한 나의 열정은 어느 정도인가?
- 가난해서 공부할 수 없다면 극복할 방법은 없는지 생각해 보자.

꿈은 커진다

평범함과 비범함의 결정적 차이는
오직 꿈의 차이일 뿐이다
— 작자 미상

대학입시를 준비하기 위해서는 또 하나의 중요한 관문을 통과해야 했다. 바로 나의 대학진학은 안중에도 없으신 부모님을 설득하는 일이었다. 어려운 집안형편에 대학을 가겠다고 하면 뭐라고 하실지 궁금하기도 했지만 부모님의 동의를 얻어내기가 쉽지 않을 것으로 짐작했다.

그러던 어느 날 매우 어렵게 나의 뜻을 말씀드렸다. 예상했던 일이지만 아버지는 강하게 반대하셨고 어머니는 그저 생각해 보자고 대답하셨다. 당연한 반응이었다. 늘 건강이 좋지 않으셨던 아버지는 장남인 내가 같이 일을 하여 동생들을 최소 교육이라도 시키자는 것이었다. 너무나 옳으신 생각이었다.

그러나 어머니는 그동안 집에 있으면서 내가 많은 고민을 하고 있다는 것을 이미 아셨기 때문에 반대도 못하시고 안절부절못하셨다. 그런 모습을 보자니 한편으로는 가슴이 아팠다. 어느 날 오후 밭에서 일하고 있는데 아버지와 어머니가 서로 언쟁을 하시는 것이었다. 나의 진학 문제 때문이었다. 어머니가 나를 대학에 보내자고 하시니까 아버지가 짜증이 나신 것이다. 하지만 어머니는 아버지를 설득하는 일에 성공하셨고 덕분에 나는 대학진학 준비를 하게 되었다.

진학 준비를 하기 위해서는 하는 수 없이 서울의 학원가로 가야만 했다. 시골에 머무르면 농사일을 안 할 수가 없기 때문이었다. 낮에 죽도록 농사일하고 밤에나 공부를 하는 것은 대학입시가 임박한 상황에서 시간상 절대적으로 무리였다. 더욱이 농고를 다녔으니 시험 공부할 책도 없거니와 무엇을 어떻게 공부해야 되는지조차 알 수가 없었다. 호랑이를 잡으려면 호랑이 굴로 들어가라고 하지 않았는가!

모내기를 어느 정도 끝낸 5월 하순경에 나는 최소한의 비용과 작은 이불 하나, 그리고 자취하면서 먹을 쌀을 조금 짊어지고 서울로 갔다. 그리고 대입학원 3개월 과정 예비고사 준비반에 등록했다. 예비고사를 10월에 실시하니까 4개월가량의 시간밖에 남지 않은 상태였기에 각오를 단단히 하고 공부를 시작했다. 나는 스스로 굳은 결심을 했다.

'반드시 합격해야 한다. 만약 실패하면 다시는 대학 소리도 못한다. 지금부터 나의 적은 가난이 아니라 나 자신이다'.

그래서 학원을 오가며 죽기 살기로 열심히 입시 공부를 했다.

돈이 넉넉지 못한 까닭에 처음에는 고향 선배님이 태릉에 얻어 놓은 자취방에서 공부를 시작했다. 그러나 종로 2가의 학원까지 통학 거리가 멀어 학원을 오가는 데 시간이 너무 많이 걸렸다. 하는 수 없이 종로 2가 뒷골목 독서실에 한 좌석을 얻어 새우잠을 자며 입시준비를 했다. 식사는 가장 값싼 것으로 해결하며 식사시간도 최대한 아꼈다.

8월 말이 되자 3개월간의 예비고사 과정반을 마치게 되었다. 시험이 코앞으로 다가왔다. 예비고사가 10월이니 1개월 정도의 시간이 남아 있었다. 이제 겨우 무엇을 공부해야 하는지 이해가 될 정도였다. 아쉽지만 남은 1개월 동안 영어와 수학은 학원에서 단과반을 수강하고 나머지 과목은 혼자 독서실에서 외우고 또 외울 수밖에 없었다.

나의 머릿속에는 오직 대학 합격이란 단어밖에는 없을 정도로 마음이 갈급했다. 당시 교회에 나가지 않았으니 기도는 못 했으나 심정이야 기도 그 이상이었다. 생각은 복잡했지만 행동은 단순했다. 산토끼는 가는 길이 정해져 있는데 그때 나는 마치 산토끼처럼 학원, 독서실, 화장실, 그리고 식당 이외에는 가본 곳이 없다.

주변의 재수하는 친구들은 제법 즐길 것을 찾아다니는 모습이었지만 나는 바보스러울 정도로 공부에만 몰두했다. 농고를 나와 몇 달 공부해서 대학에 가겠다는 것부터가 말도 안 되며, 시험이 코앞

인데 아직도 기초적인 책을 보고 있다는 주변의 비아냥거리는 소리
도 들어야 했다. 밤새 공부를 하고 배가 고파서 이른 아침에 식당을
찾아가면 아직 문이 안 열려 있어 그냥 돌아올 때도 있었고 지난밤
먹다 남은 찬밥을 얻어먹고 올 때도 있었다.

학원 공부는 어떠했는가? 사실 학원생활을 시작할 때는 예습, 복
습을 해도 수업내용을 도대체 알아들을 수가 없었다. 학원에서는 기
초부터 가르쳐 주는 것이 아니라 예비고사를 대비해서 기출문제 중
심으로 정리해 주니 기초가 부족한 나는 그럴 수밖에 없었다. 그래
서 학원에서 돌아오면 참고서로 기초를 스스로 익혀야 했다.

그때 나는 스스로 생각해도 나를 너무 학대하고 있다는 생각이 들
정도로 지독하게 공부했다. 그러나 목표가 분명했기 때문에 고달픔
도 일종의 낙이었다. 대학입시 준비도 못하는 친구들은 돈을 번다고
공장에서 더 힘든 일을 하고 있는데 공부가 힘들다고 하면 말이 되
느냐고 스스로를 다그쳤다.

드디어 10월, 나는 예비고사를 치렀다. 합격권에는 들 것으로 여
겨졌으나 좋은 성적을 기대하기는 어려웠다. 짧은 기간에 입시준비
를 하다 보니 시험문제를 받았을 때 알듯 말듯 아리송한 문제를 다
수 접하였다. 좀더 빨리, 좀더 열심히 공부를 했어야 했다는 아쉬움
도 남았다. 나는 그때 '내 머리가 좋지 않은 것인가?'라는 생각도 했
다. 몇 번 들었던 내용도 막상 생각이 안 나니 얼마나 속상했는지 모
른다. 착실한 크리스천인 원종수 박사는 학창시절 시험 때 눈을 감

고 있으면 공부했던 책과 노트가 머릿속에서 넘겨지며 그것을 그대로 볼 수 있었다고 했는데, 거기 비하면 나는 아무것도 아니었다.

예비고사 발표일이 다가왔다. 예상대로 썩 좋은 성적은 아니었으나 합격은 했다. 그리고 이어진 강원대학교 입학 본고사에서도 남은 기간 열심히 준비했기 때문에 합격했다. 그때의 기쁨은 말할 수가 없다. 나의 진학을 반대하시던 아버지도 당시는 건강이 다소 호전되셔서 합격을 기뻐하시며 대학 가서 열심히 공부하라고 격려해 주셨다.

그때까지 아버지로부터 대학 가라는 말씀을 단 한 번도 들어보지 못했었는데 막상 내가 합격을 하고 나니 몹시 대견스러워 하시던 아버지가 너무나 고마웠다.

성경에 "구하는 이마다 얻을 것이요 찾는 이가 찾을 것이요 두드리는 이에게 열릴 것이니라(마태복음 7 : 8)" "울며 씨를 뿌리러 나가는 자는 반드시 기쁨으로 그 곡식 단을 가지고 돌아오리라(시편 126 : 6)" 란 구절이 있다. 바로 나의 경우를 두고 하신 말씀 같았다. 시험 준비를 하는 동안 하나님께 기도는 못했지만 내 마음은 너무나 갈급했다. 무엇보다 지치고 힘들 때에도 나를 지탱하게 해준 것은 한 발짝도 물러설 수 없는 배수진(背水陣)이었다. 서울 보내주면 반드시 합격해서 돌아오겠다고 부모님과 한 약속이 가장 큰 것이었다.

그때 나는 죽기 아니면 살기로 대학입학시험 준비를 했다. 힘들 때마다 성장기 시절 겪었던 일들을 떠올렸다. 추운 겨울날 나무 한

짐 지고 한 시간가량 걸어 시내에 가서 팔아봐야 겨우 붕어빵 몇 개 사먹을 수 있었던 쓸쓸함을 기억했다. 쌀밥에 고깃국 한 번 제대로 먹어보지 못하고, 한 번 산 옷은 기울 수 없을 때까지 입어야 했던 경제적 초라함도 떠올렸다. 중·고등학교 시절, 얼마 되지 않는 등록금이 없어 어머니가 매번 친척집과 이웃에 돈 빌리러 가시던 가슴 아팠던 모습도 떠올렸다.

그러나 더욱 나를 압박하는 것은 대학입학 시험에 합격하지 못하면 대학에 못 간다는 것이다. 삼수는 생각도 못한다. 고향의 일부 친구들은 중학교 입학시험에 실패하여(당시는 중학교도 입학시험이 있었고 경쟁이 심하였다) 초등학교를 마치는 것으로 학업을 접은 경우도 많았다. 하버드 공부벌레들의 좌우명 중에서 "공부할 때의 고통은 잠깐이지만 못 배운 고통은 영원하다"라는 말은 매우 교훈적인 것이다.

요즘 젊은 층을 '도전을 즐기는 세대'라는 의미로 챌린조이(challenge＋enjoy) 세대라 부르기도 하는데 그들은 이렇게 생각한다고 한다.

"마치 게임하듯 새로운 것에 도전한다. 패배해도 개의치 않는다. 내가 원한 건 도전이니까". 그러나 내 입장은 그것과 사뭇 달랐다.

나는 농고를 다녔기에 실업과목(농업) 외에는 제대로 배우지 못해 시험 준비를 시작할 때 솔직히 자신이 없었다. 그러나 짧은 기간이지만 대입학원에서 고등학교 3년 과정을 잘 정리해준 덕분에 대입 관문을 무사히 통과할 수 있었다. 불광불급(不狂不及)이라고 했던가? 지난 몇 달 동안 불철주야 미친 듯이 공부하지 않았더라면 대입시험에 합격할 수 없었을 것이다.

농고에서는 국어, 영어, 수학 등 주요 교과목에 대한 기본을 왜 제대로 안 가르쳐 주는지 내심 원망도 많이 했었다. 열심히 가르쳐준 선생님도 간혹 계셨지만 대학입학 시험을 준비하는 데는 역부족이었다.

고등학교 1학년 때 실습시간이 아닌 수업시간에 농장에 나가 일하라고 하시는 선생님에게 "수업시간에 공부해야지 왜 일해야 됩니까?"라고 반문했다가 얻어맞은 일도 있었다. 선생님은 "공부하려면 인문계 고등학교에 갈 것이지 왜 농고에 왔느냐?"며 무시하는 투의 말씀을 하셨다. 참으로 어이가 없었고 야속하기까지 했다. 어린 마음이었지만 저런 사람이 선생인가, 라고 생각하기도 했다.

대학은 못 가더라도 나는 고등학교에서 기본적인 과정은 배우고 싶었다. 또한 집에서도 매일 죽어라 일하는데 학교에서조차 실습명목으로 일을 시키니 솔직히 그런 농고가 몹시 싫었다. 실습과 일은 엄연히 다르다고 생각했다. 공부 대신 일을 시켜도 그냥 넘어가는 반 친구들이 밉기까지 했다. 그런 분위기 속에서 고등학교 시절을 보낸 것이다.

1997년 교수가 된 후 모교를 방문한 일이 있었다. 그리고 과거 선생님 한 분을 뵐 수 있었다. 선생님은 내가 대학교수가 되었다고 하니 믿기지 않아 하시는 눈치였다. 대화 도중 "수고했다"고 말씀하셨다. 그 자리에서 나는 무례함을 무릅쓰고 정중히 과거 섭섭했던 마

음을 전했다. 고등학교 시절 기본만 충실히 가르쳐 주셨어도 내가
이렇게 고생은 않았을 텐데 대학에 입학하기까지, 그리고 대학시절
교양지식이 부족해 혼자 많은 것을 추가적으로 공부하느라 너무 힘
들었노라고 솔직히 말씀드렸다. 물론 내가 모교를 방문한 것은 역경
을 딛고 교수가 된 것을 자랑하기 위함이 아니요, 선생님들을 탓하
기 위함은 더더욱 아니었다. 다만 우리 대학에 올 후배가 있으면 우
리 학과에 진학하게 하여 지도해 주고 싶다는 말을 전하기 위해서였
다. 그런데 막상 선생님을 뵙게 되니 서러웠던 기억을 나도 모르게
토로하게 된 것이다.

이건 푸념이지만, 나는 학창시절을 보내면서 상당히 많은 불이익
을 당한 셈이어서 시기를 잘못 타고난 것 같은 느낌이 들 때가 있었
다. 물론 36년간의 일본 강점기와 민족의 비극 6·25를 거친 부모님
세대와 비교하면 과분한 소리지만 내가 시기를 잘못 타고났다고 하
는 이유는 이러하다.

나는 중·고등학교 6년간 한문공부를 하지 못했으며, 농고를 다
니면 농과대학에 동일계열로 특별 진학할 수 있는 길이 있는데 나는
당시 그런 혜택을 받지도 못했다. 더욱 억울한 것은 당시 서울대학
교 대학원에 진학하면 교수요원으로 선정되어 등록금 전액을 면제
해 주고 군 생활도 6개월로 단축되는 제도가 있었는데 나는 그런 혜
택 역시 받지 못했다.

좀더 자세히 말하자면 나는 중·고교시절 6년간 한문공부를 못했

는데 재수를 할 때 한문이 등장하여 곤혹을 치러야 했다(나의 1년 후배들은 고 3때 1년간 한문을 배웠다). 농고를 나와 농과대학에 진학하면서도 인문계 학생들과 동일한 경쟁을 하여야 했으며, 1978년에 대학원에 들어갔기 때문에 1979년에 시작된 교수요원 장학생 혜택을 나는 전혀 받지 못한 것이다. 교수요원이 되지 못해 학자금을 따로 준비해야 했으며(다행히 2학기부터는 전액 장학금을 받았다), 군복무도 1년 차이로 인해 27개월이란 긴 세월 현역으로 근무하여야 했다. 그러다 보니 후배들보다 늦게 육군병장으로 제대하게 되었다.

아무튼 나는 이래저래 손해를 본 교육과정을 거쳤다. 국가의 정책 입안자들이 국민을 대상으로 실험을 했는지, 아니면 미래지향적인 안목이 부족하여 조령모개(朝令暮改)식 졸속행정을 펼쳤는지는 내가 판단할 일은 아니지만 여러 가지로 손해를 본 것 같아 무척 억울했다. 교육은 백년대계란 말도 있는데 짧은 기간에 그렇게 자주 그리고 쉽게 바뀔 수 있는지 나는 아직도 이해를 못 한다.

대학에 입학한 후 나는 하고 싶은 일을 실컷 해보고 싶었다. 매일매일 다람쥐 쳇바퀴 돌듯 동트면 일어나 일하고 어두워지면 잠자리에 들고 하는 농촌의 일상생활에서 벗어나 남들처럼 하고 싶은 일을 하게 되었으니 대학에 온 것이 이렇게 기쁠 수가 없었다. 대학에 다니는 동안 그 기쁨을 만끽하고 싶었다.

대학에 입학하고 보니 전에 몰랐던 새로운 세상이 눈앞에 전개되었다. 그러나 천신만고 끝에 그렇게 원하던 대학에 입학했으면서도

1학년 때는 공부를 별로 하지 못했다. 당시 민주화운동 여파로 데모가 잦아 강의가 제대로 이루어지지 못한 것이다. 그런 가운데 어느덧 2학년이 되었다. 또다시 깊은 생각에 잠길 수밖에 없었다.

'대학에 진학한 나의 그 꿈, 그렇게 갈망하던 대학생활을 이렇게 무의미하게 보내야 한단 말인가?'

이렇게 배우는 것 없이 대학생활을 마치게 된다면 나를 지켜보고 있는 가족들이나 주변 사람들을 어떻게 볼 수 있을 것인가 하는 곤혹감을 감출 수가 없었다.

대학에 입학했으니 어떻게든 졸업만 하면 장래가 보장될 것 같은 그런 착각 속에서 1년이란 짧지 않은 시간을 허송세월하고 만 것이다. 안타깝게도 대학은 예나 지금이나 술이 넘쳐나는 곳이다. 아버지가 술을 너무 좋아하셔서 반사적으로 술을 싫어했던 내가 술을 즐기고 있었다. 기가 막힌 노릇이었다. 그것은 대학에 입학한 이후의 삶의 목표가 정확하게 설정되지 않았기 때문에 무의미하게 시간을 보내고 있었던 탓으로 판단된다.

삶의 목표가 뚜렷하게 설정되지 않았으니 자연히 나의 대학생활은 정처없이 표류할 수밖에 없었다. 더 정확하게 말하자면 나는 방황하고 있었던 것이다. 후웨이홍이 쓴 『큰 인물이 되겠는가 작은 인물로 살 것인가 大人物, 小人物』란 책을 보면 이런 내용이 있다. 미국 예일대학에서 졸업생들을 대상으로 인생목표에 관해 설문조사한 자료에 의하면 3%의 학생들은 인생목표를 구체적으로 적었으나 나머지 97%는 그렇지 않았다고 한다. 그로부터 20년 후 그들의 근황을 조사해 보니 당시 구체적으로 인생목표를 뚜렷하게 세웠던 학생들은 사회적으로 성공한 유명인사가 되어 있었고 그들의 업적은 나머지 97% 학생들의 업적보다 훨씬 컸다는 것이다.

토마스 칼라일은 "목적이 없는 사람은 키 없는 배와 같다. 한낱 떠돌이요, 아무것도 아닌, 인간이라 부를 수 없는 사람이다"라고 했다. 그때 내 자신이 바로 키 없는 배와 같은 처지가 아니었을까? 삶의 목표를 분명하게 설정하는 일은 절대적으로 필요한 일인데…. 존 맥스웰 또한 그의 저서 『나의 성공 지도 *Your road map for success*』에서 "가야 할 곳을 알 때 여행은 더 즐겁다"라고 했다. 그렇다. 대학생활도 마찬가지로 향후의 로드맵이 소상하게 마련되어 있어야 캠퍼스 생활도 즐겁고 의미 있게 보낼 수 있는 것이다.

대학교 2학년생이 되었으니 이제라도 목표를 세워야 할 때가 된 것이다. 이렇게 생각을 가다듬고 보니 또다시 희망이 보였다. 계곡에 있을 때는 다른 산봉우리가 잘 보이지 않는다. 그러나 하나의 산봉우리에 올라가면 다른 수많은 것들이 보이게 된다. 대학에 입학해서 1년간 별로 한 것은 없었지만 입학 전에는 잘 몰랐던 우리 분야의 진로가 눈에 보이기 시작했고 나의 앞날에 대해서도 어렴풋이나마 예견할 수 있는 시야가 생겨난 듯했다.

극복하기 힘든 여건에도 불구하고 대학에 들어왔는데 내가 마음먹기에 따라서는 무슨 일인들 못하랴! 나는 또다시 농고를 나와 농사일이 싫다고 대학에 왔으면 어려움 없이 대학에 온 사람들과는 뭐가 달라도 달라야 할 것이 아니냐는 생각이 들었다. 이제는 대학진학이라는 그 꿈은 더 이상 의미가 없다. 훗날 성공해 있을 내 모습을 그리며 인생의 여정을 새롭게 시작해야 한다고 결심했다.

여기서 또 나의 진로결정에 커다란 걸림돌이 나타났다. 경제적으로 어려운 집안형편을 우선적으로 생각해야 한다는 것이었다. 우리 집안 경제사정을 고려하여 가장 현명한 길을 찾는 것이 도리란 생각이 들었다. 그것은 졸업 후 바로 취업을 해서 빨리 돈을 벌어 가정형편을 보살펴야 한다는 것이었다. 그러나 나의 꿈은 대학 졸업 후 바로 취업하는 것이 아니었기 때문에 또다른 난관에 봉착한 것이었다.

사실 나는 2학년이 되면서 두 가지 진로를 염두에 두었다. 하나는 ROTC에 지원하여 장교로 단기복무하거나 직업군인이 되는 것이다. 장교로 군인이 되면 동생들 학비도 지원하고 집안형편도 도울 수 있을 것 같았고 내키면 장기복무로 군에서 내 인생을 걸어보는 것도 괜찮다는 생각이 들었기 때문이었다.

다른 하나는 한 분야의 전문가로 성장하는 것이다. 나는 농촌출신이라 농촌의 현실을 너무나 잘 안다. 경종농업(耕種農業) 위주의 농촌경제는 가난을 떨쳐내기가 어렵다. 농고를 거쳐 대학에서 축산을 전공하고 있으니 이것을 잘 연구하여 농민들에게 첨단기술을 보급한다면 언젠가는 우리나라 농촌경제도 확 달라질 것이라는 생각이 들었다. 그러나 전문가로 성장하기 위해서는 대학원에 진학해야 하고 석 · 박사까지 이수해야 하는데 그동안 집안은 누가 보살필 것인가 하는 고민이 있었다.

2학년을 마치고 겨울방학 동안 두 가지 문제를 가지고 고민하다 대학원에 진학하기로 부모님과 상의 없이 일방적으로 결정하고 말았다. 공부를 해보니 잘될 것 같은 느낌도 들었다. 다만 부모님을 비롯한 가족들에게 미안할 따름이었다.

나는 대학 2학년이 되면서 교회에 나가기 시작했다. 그러나 교회에 등록은 했으나 열심히 다니지는 않았다. 다시 말해 나의 믿음 수준은 나의 진로를 놓고 하나님께 기도할 수 있는 그런 정도가 아니었다. 그러니 나의 진로를 하나님의 뜻과는 무관하거나 하나님과 소통 없이 마음대로 결정한 것이다.

결국 또 다시 나의 진로에 대해 홀로 어려운 결정을 할 수밖에 없는 결과가 되었다. 혹시나 해서 ROTC 후보생으로 지원했는데 합격했다. 곧 입단절차를 밟아야 하는데 여기서 망설이게 되었다. ROTC에 입단해서 단기복무를 한다 해도 재학 중 ROTC 훈련을 받게 되면 공부에 지장이 많을 것 같았던 것이다. 그래서 ROTC 장교의 길을 포기하기로 하였다. 훈련시간을 고려하면 두 가지 일을 다 잘할 자신이 없었다.

다행스럽게도 3학년이 되면서 전액 장학생(정수 장학금)이 되었다. 2학년 때 공부를 열심히 했더니 학과에서 1등을 한 것이다. 이전에도 일부 장학금은 받았지만 전액 장학금을 받지는 못했다. 이런 혜택을 허락해주신 하나님과 학과 교수님들께 감사를 드렸다. 장학금을 받은 것은 단순히 등록금을 해결하는 그 이상의 의미가 있었다. ‘아, 열심히 하면 이 사회가 도와주는구나!’라는 생각이 들면서 큰 격려가 된 것이다. 공부에 어느 정도 자신이 생겼으며, 대학원에 가야겠다고 최종 결정한 계기가 되기도 했다.

대학원에 진학하기로 결정하고 나니 그동안 적당히 시간만 보내던 나의 대학생활이 크게 달라졌다. 내가 대학원을 가는데 무엇이 부족한가를 잘 알았기 때문에 그것을 보충하기 위해 계획된 스케줄에 따라 열심히 공부했다. 말하자면 더 큰 꿈의 성취를 위한 도전이 시작된 것이다.

어려서부터 나는 꿈을 가지고 그 길을 열심히 걸어 성공에 이르는 사람들을 크게 부러워했다. 『나는 날마다 꿈을 디자인한다(이재일)』란 책을 읽으면서 많은 공감을 했다. 저자는 초등학교 때부터 ‘미국에 가서 공부하고 한국에 와서 교수가 되어야지’라고 구체적으로 꿈을 꾸기 시작했다고 한다. 그리고 하나님 앞에 내려놓고 기도하며, 목표를 세우고 열정으로 꿈을 현실로 만들었다고 한다. 얼마나 부러운가!

대학원 입학시험이 가까워질 무렵, 나는 은사이신 이영철 교수님을 찾았다. 교수님은 기다리셨다는 듯이 어딘가로 전화를 하셨다. 나중에 나의 대학원 지도교수님이 되신 서울대학교 한인규 교수님께 전화를 걸어 나를 그 대학교의 대학원생으로 추천하시는 것이었

다. 솔직히 말해 나는 교수님이 정해주시는 대학으로 갈 생각이었
다. 모교에 진학하라 하시면 그렇게 하고 다른 대학으로 가라 하셔
도 그대로 따를 작정이었다.

사실 나는 대학교 2학년 때 서울대학교를 방문한 일이 있었다. 그
때 캠퍼스 안의 사람들이 모두 멋져 보이고 솔직히 말해 부럽기도
했고 다른 한편으로는 씁쓸하기도 했다. 형편이 허락되었다면 삼수
라도 하여 서울대학교 입학시험에 도전해 보고 싶은 생각도 있었으
니 더욱 그러했던 것이다. 당시 서울대학교 대학원은 전공별로 입학
정원이 지금보다 훨씬 적어서 본대학 출신 학생들도 대학원에 입학
하기가 어려웠고 타대학 졸업생의 경우 그 대학원에 들어가기는 하
늘의 별 따기라고 알려졌다. 그런 까닭에 나는 내심 서울대학교 대
학원 입시에 떨어지면 어쩌나 하고 걱정도 되었다.

그러나 힘은 들더라도 서울대학교 대학원에 진학하기로 결심했
다. 지방대학 출신인 내가 서울대학교 대학원에 진학하기는 쉽지 않
은 일이었지만 못할 것도 없다고 생각했다. 2학년 때부터는 나름대
로 영어와 전공과목 공부를 착실히 했으니 대입시험 때보다는 훨씬
자신감이 있었다.

이제 또다시 부모님을 설득해야 할 때가 되었다. 그동안 대학에서
전액 장학금을 받았기에 좋은 곳에 취업하리라고 부모님은 은근히
기대하고 계셨다.

나는 부모님의 반대를 예상하면서 내친김에 공부를 더 하고 싶으

니 대학원에 보내달라고 간곡하게 요청하였다. 아버지는 역시 반가워하지 않으셨다. 그 심정을 내가 왜 모르랴! 그러나 나는 대학에서 전액 장학금을 받은 모범학생이니 대학원에 가서도 장학금을 받으면 된다고 우기면서 부모님을 겨우 설득시켰다. 사실 설득이라기보다는 통보였다. 정말 죄송했다.

4학년 2학기 종강 전 서울대학교 대학원 입학시험을 치렀는데 졸업을 앞둔 시점에서 서울대학교 대학원으로부터 합격통지서를 받았다. 말할 수 없이 기분이 좋았고 노력하면 결실이 좋다는 것을 새삼 느꼈다. 서울대학교 대학원 입학 영어시험은 참으로 어려웠다. 그러나 대학 2학년 때부터 영어공부를 남달리 열심히 했기 때문에 어느 정도 자신이 있었다. 나는 농고를 다녀 사실상 영어가 취약했다. 그래서 영어공부를 위해 동아리를 만들어 활동하기도 했고 영어학원도 꾸준히 다녔다. 영어공부용 노트를 등하교 시간에 보면서 논두렁 길을 걷다가 논에 빠지기도 했으며(당시 하숙집에서 학교로 가는 길에는 논이 있었다), 공부하다 지쳐 방의 불을 켠 채로 그냥 자다 하숙집 주인에게 혼나기도 했다.

이제 대학원에 가게 되었으니 한 분야의 전문가로 성장할 수 있는 길이 열리게 된 것이다. 석사를 마친 다음 형편이 허락하여 박사학위까지 마치면 나의 최종목표는 아니지만 교수가 될 수 있는 자격도 지니게 되는 것이다. 그러나 교수가 되는 것은 쉽지 않은 일이었으므로 나는 바라지도 않았다. 다만 한 분야의 전문가가 되어 어려운 우리나라 농촌에 도움을 줄 수만 있다면 그것으로 족하다고 생각했다.

이리하여 아무런 희망도 없이 그저 농사일이나 하던, 그야말로 답답한 하루하루를 보내던 내가 대학을 졸업하고 대학원생이 되었다. 대학생이 되겠다는 첫 꿈을 품고 달려온 4년간의 대학생활이 마침내 또 하나의 열매를 맺은 것이다. 대학원에 가겠다는 목표로 열심히 공부하다 보니 학과 수석졸업이란 영예도 덤으로 얻었다. 서울대학교 대학원 합격과 더불어 2관왕이 된 셈이다. 당시 졸업식장에서 상장과 함께 메달을 내 목에 걸어주시던 학장님이 진로를 물으시기에 서울대학교 대학원에 가게 되었다고 대답했더니 "우리 대학에서 또 한 명의 일꾼이 나오겠구나" 하시면서 기뻐하시던 모습이 생각난다.

앞에서 말한 바와 같이 그때 서울대학교 대학원에 입학하는 것은 결코 쉬운 일이 아니었다. 입학정원도 적었을 뿐만 아니라 전국의 관련학과에서 학문에 뜻이 있는 모든 사람들이 선망하는 곳이었기 때문이었다. 당시 서울대학교 대학원에서 함께 공부했던 사람들은 대부분 박사학위를 취득하여 대학교수가 되었거나 유명한 연구원이 되었다.

"당신의 꿈만큼 당신은 성공할 수 있다"는 말이 있다. 거기에 노력하면 우리의 꿈은 더불어 커지게 된다. 헨리 소로는 "당신이 꿈을 향해 나아가면서 당신이 상상해 왔던 삶을 위해 노력한다면 당신은 평범한 시간 속에서 기대하지 않았던 성공을 얻게 될 것이다”라고 했다. 겨우 대학진학 정도를 꿈꾸던 나였지만 상상도 못 했던 서울대학교 대학원에까지 진출하게 된 것이다.

확고한 꿈 위에 열정과 노력이 보태지면 못할 것이 없다. 서울대학교 대학원에 진학하게 되면서 나는 모든 일에 자신감이 생겼다. 그러면서 내가 생각했던 그 무엇보다도 더 가치 있는 결과가 훗날 분명히 올 것이라고 확신했다.

조지 앨런은 “평범한 능력을 갖춘 사람이 커다란 성공을 거둘 때가 있다. 그는 성공하기로 굳게 결심한 사람이다”라고 했다. 어떤 일을 노력도 하지 않고 능력이 없어서 못 한다는 사람들이 있다. 아무리 생각해도 나는 지극히 평범한 사람이지 비범한 사람은 절대로 아니다. 내가 농고를 졸업 후 강원대학교를 거쳐 서울대학교 대학원에 들어간 것은 나의 머리가 유달리 좋았기 때문이 아니라 단순히 노력한 결과였다. 다만 나는 어떤 일을 결심하고 그것을 성취하기 위해 노력하는 데는 남다른 데가 있다.

이 시점에서 간과하지 말아야 할 중요한 것은 하나님의 은혜이다. 나는 깊은 신앙심은 없었지만 교회에 다니며 하나님의 말씀을 믿게 되었다. “내게 능력 주시는 자 안에서 내가 모든 것을 할 수 있느니라(빌립보서 4 : 13)”. 이 말씀처럼 내가 대학과 대학원에서 공부를 하게 된 것도 그렇고 앞으로 내가 무엇을 하든지 하나님이 능력 주셔서 잘할 수 있을 것으로 확고히 믿어왔다.

자신을 돌아보기

- 10년, 20년 후의 나의 인생 로드맵을 작성해 보자.
- 로드맵대로 안 될 경우 대안을 제시해 보자.
- 직업인으로 최종 목표는 무엇이며 그것에 만족하겠는가?
- 하나님의 능력은 어느 정도일까 생각해 보자.

더 넓은 세상을
향한 여행을
시작하다

02

꿈을 가졌으면 그것의 성취를 위해 먼저 확실한 계획을 세우고 그 꿈을 향하여 힘찬 여행을 해야 한다. 꿈을 이루는 데 필요한 밑바탕은 배움이다. 열심히 공부해야 한다. 쉬지 말고 공부해야 한다. 꿈의 성취과정에는 어려운 일이 많을 뿐만 아니라 시간이 필요하기도 하다. 반드시 이루고야 말겠다는 용기, 신념, 그리고 믿음이 필요하다. 성경 속 요셉은 애굽에 종으로 팔려갔으나 총리가 되었다. 우리는 그 의미를 되새기며 힘차게 정진해야 한다.

공부는 성공적인 삶의 원천이다

사람은 배워야 한다. 배워서 세상을 살아가는 데 필요한 것을 알아야 한다. 특히 요즘같이 지식을 기반으로 하는 사회(knowledge-based society)에서는 알아야 급변하는 사회에 능동적으로 적응할 수 있다. 영국의 대표적인 철학자이자 정치가였던 프랜시스 베이컨은 혼돈의 시대에는 "아는 것이 힘"이라고 했다. 성경에서는 "지식이 없는 자는 미련하여 결국 죽는다(잠언 10 : 21)"라고까지 했다.

공부를 하려면 왜 해야 하는지 그 목적을 명쾌히 정립해야 한다. 내가 여기에서 공부를 강조하는 것은 그저 학력을 갖추거나 특정 자격시험을 치루기 위해 하는 그런 형태의 공부 이야기가 아니다. 우리의 인생에서 배움의 진정한 의미를 이해하자는 것이다.

스즈키 코지는 그의 저서 『왜 공부하는가』에서 공부의 의미를 이렇게 표현하고 있다. "세상에 태어나 인격을 갖춘 인간으로서, 즉 사람다운 삶을 살기 위해서는 공부를 해야 하는데 전문지식은 물론이고 읽고 쓰는 능력(literacy)을 갖춤으로써 이해력, 상상력, 표현력 등을 키울 수 있다". 개개인의 리터러시가 높아지면 잘못된 판단을 내리는 경우가 줄어들 것이다. 가치 있는 것과 가치 없는 것, 훌륭한 것과 훌륭하지 않은 것을 구분하는 확실한 안목도 가지게 되므로 사회전체의 수준도 그만큼 높아지게 된다.

인격을 갖추는 데도 배움은 중요하다. 물론 많이 배운 사람들 중에도 인격이 부족한 경우가 있지만 그건 절대적으로 잘못된 것이다. 『칼과 칼집(한홍)』이란 책을 보면 저자는 칼은 지식이며, 칼집은 인격이라고 했다. 명검일수록 칼집이 훌륭하다는 것이다. 칼집이 없는 칼이 매우 위험하듯이 인격이 없는 지식도 그런 맥락으로 여겨져야 한다.

돈을 많이 벌기 위해 공부를 하고 출세하기 위해 공부한다면 그것은 오히려 넌센스일 수도 있다. 장사를 배우면 돈을 더 빨리 벌 수 있다. 실제로 많이 배우지는 못했지만 큰 돈을 벌어 부자가 된 사람들을 우리는 주변에서 흔히 볼 수 있다.

한 자료에 의하면 과거, 미국의 백만장자 4천여 명을 대상으로 조사한 결과 그들 가운데 고졸 이상의 학력자는 69명뿐이었고, 나머지는 거의 학교 공부를 하지 못한 사람들이었다고 한다. 우리나라에도 대기업의 창업자임에도 학력이 높지 않은 분들의 이야기는 이미 널리 알려져 있다. 역대 대통령 중에서도 고등학교 출신자가 유명대학교 출신자를 제치고 대통령이 된 경우도 있다.

또한 공부는 열정이 없으면 되지 않는다. 사실 공부하기란 쉬운 일이 아니다. 고통이 따른다. 그러나 "공부가 인생의 전부는 아니다. 그러나 인생의 한 부분인 공부도 못 한다면 무엇을 할 수 있는가?"란 말도 있다.

나는 고등학교를 졸업할 때까지 대학에 가겠다는 꿈이 없었기 때문에 공부는 소홀히 했지만 등교 자체에 대해서는 매우 적극적이었던 것으로 기억된다. 내가 보낸 학창시절을 되돌아 보면 내 자신도 놀랍기까지 하다.

초등학교는 집에서 학교까지 편도 1시간 정도 되는 거리를 걸어서 다녔으나 별 문제는 없었다. 그러나 중학교는 좀 달랐다. 편도로 1시간 30분 정도 걸리는 거리를 줄곧 걸어서 다녀야 했다. 버스는 물론이고 지전기도 없었으니 걸을 수밖에 없었다. 요즘 학생들에게 그렇게 먼 거리를 걸어다니라고 하면 아마 싫다고 할 것이다.

걷는 것은 별것 아니었다. 그런데 학교에 가려면 중간에 꽤나 높은 산을 하나 넘어야 했다. 사람들의 발걸음이 드문 산을 혼자 넘어다니자니 무서운 생각이 들 때가 많았다. 학교공부가 늦게 끝나는 날에는 캄캄한 밤중에 인기척 없는 그 무서운 산을 혼자 넘어야 했다. 지금 생각해도 아찔한 일이다. 아마 배움에 대한 나의 잠재적인 열정이 없었다면 중도에 포기했을 것이다. 우리 부모님도 어린 내가 밤중에 무서운 산을 넘어다니는 것에 대해 몹시 안쓰러워하셨다.

고등학교는 동해에서 강릉으로 다녔다. 새벽 4시 반에 일어나 아침 식사하고 기차역으로 가서 6시에 강릉행 통학기차를 타고 가면 9시에 시작하는 수업에 출석할 수 있었다. 고등학교 2학년 때까지 우리 집에는 시계나 라디오가 없었다. 그래서 우리 집 시간관리는 주로 어머니의 감각으로 이루어졌다. 어머니께서 일어나라 하시면 일어났고, "오늘은 조금 늦었으니 뛰지 않으면 통학기차를 놓친다"라고 하시면 그대로 해야 통학기차를 탈 수 있었다. 어머니께서 어떻게 시간을 그렇게 정확히 감지하시는지 이해가 되지 않았다. 맑은 날은 별이나 달을 보고 시간을 아시지만 흐린 날에도 어머니는 시간을 정확하게 판단하셨다. 정말 신기한 일이 아닐 수 없다.

등교는 그렇고, 하교는 대개 강릉역에서 저녁 7~8시 기차를 타고 동해에 나와 집에 도착하면 보통 밤 10시경이 되었다. 늦은 날은 밤 12시에나 집에 돌아오기도 했다. 이렇게 늦은 경우 문제는 시간이 아니라 배고픔이었다. 아침밥을 새벽 5시에 먹고 보리밥과 고추장이 전부인 도시락 하나를 점심시간, 대개 그 이전에 먹으면(주로 2교시가 끝나면 먹는 경우가 많았다) 밤 10시까지 아무것도 먹지 못했다. 그때 나는 용돈이 없어서 흔한 건빵 하나 사먹지 못했으니 집으로 돌아올 때까지 배고픔을 참아야 했다.

공부는 때를 놓치면 하기 어려워진다. 내가 어렵게나마 1983년 2월에 석사학위를 받고 박사과정을 시작하게 된 것은 8년이 지난

1991년이었다. 석사학위 취득 후 직장을 구하면서 여유가 되면 가능한 빨리 박사과정을 시작하려 했지만 여의치 못했다. 8년이란 세월이 그렇게 빨리 흘러간 것이다. 1991년 1월에 미국으로 박사과정을 공부하러 갔다가 여의치 못해 귀국하여 1992년 서울대학교 대학원에서 박사과정을 다시 시작했으니 정확히 9년만의 일이다.

박사학위 취득에 대한 나의 열정은 강렬했기 때문에 그렇게 많은 시간이 지난 후에도 나는 박사과정에 들어가고야 말았다. 미국에서 귀국하여 직장생활을 하며 박사과정을 다닐 때는 사실 다행스럽기도 했으나 더없는 고통의 시간이었다. 직장은 경남 김해에 있었고 서울대학교 대학원은 수원에 있었으니 다니기가 여간 힘들지 않았다. 부산 구포역과 수원역 사이를 오가야 했다. 박사과정을 마치는 데 4년이란 시간이 걸렸는데 매주 화요일은 정규수업이어서 수원 캠퍼스에 올라갔으며 그 외에도 수업이 있는 날에는 빠짐없이 등교했다. 회사업무를 미치고 밤치로 수원에 올라가서 다음날 공부하고 다시 밤차로 부산으로 내려가면 언제나 도착은 새벽이었다. 기차에서 잠깐 자는 경우도 있으나 집에 와서 그대로 아침밥을 먹고 직장에 나가 근무하기를 4년간 되풀이했다. 그래도 나는 4년간 개근했다. 풀타임으로 공부를 하지 않고 파트타임으로 하면서 박사학위나 챙긴다는 소리가 듣기 싫어 악착같이 출석하고 열심히 공부했다. 직장에도 누를 끼쳐서는 안 되니 학교에 가지 않는 날은 회사 일을 더욱 열심히 했다. 주말이나 휴일에도 회사에 나가 급한 일을 처리했다. 돌이켜 보면 그때 나는 내가 하는 일에 최선을 다하며 살았던 것이다.

주자(朱子)의 《주문공문집(朱文公文集)》 권학문(勸學文)에 나오는 시의 첫 구절에 '소년이로학난성 일촌광음불가경(少年易老學難成 一寸光陰不可輕)'이란 것이 있다. 잘 알다시피 '소년은 늙기 쉽고, 학문은 이루기 어렵나니 순간 순간의 시간도 헛되이 보내지 말라'는 뜻이다. 이것은 글자 그대로 학문은 젊을 때 해야 한다는 것을 가르치는 말이기도 하다. 석사학위를 마친 후 박사과정 공부를 시작하기까지 10년 가까운 세월은 참으로 빠르게 흘러갔다. 그리고 늦게 시작한 박사과정의 공부는 나이가 들다 보니 예전 석사과정 때보다 유달리 힘들기도 했다.

또한 학창시절이 끝났다고 해서 배움을 중단해서는 안 된다. 성공한 사람들은 끊임없는 학구열로 배우기를 쉬지 않은 사람들이다. 자동차를 개발한 헨리 포드는 "사람이 배우기를 그치면 그 사람은 죽은 것이다"라고 했고, 미국 노예해방의 주역 링컨 대통령은 "나는 항상 배우는 사람이다"라고 했다.

나는 학교에 다니지 않고 직장 생활만 하는 동안에도 필요한 지식과 기술을 습득하기 위해 지속적으로 공부했다. 일하면서 공부하는 사람을 샐러던트(salaried man + student)라고 하는데 내가 그랬다. 단순히 업무에 필요한 지식을 얻기 위한 정도가 아니라 업무를 넘어서 전문가로서, 그리고 사회의 지도자로서 필요하다고 생각되는 내용에 관해서 많은 공부를 해왔다. 교수가 된 후에는 두말할 필요도 없다. 전공분야 세미나는 물론이고, 내 자신과 가르치는 학생들을 위해 사회와 교회의 각종 교육 프로그램에 부지런히 참여하고 있다.

공부와 관련하여 언급한 아인슈타인 박사 이야기가 흥미롭다. 아인슈타인은 어느 날 "선생님은 해박한 지식을 가지고 계신데 어째서 배움을 멈추지 않으십니까?"란 학생들의 질문을 받고 다음과 같은 대답을 했다고 한다.

"이미 알고 있는 지식이 차지하는 부분을 원이라고 한다면 원 밖은 모르는 부분이 됩니다. 원이 커지면 원의 둘레도 점점 늘어나 접촉할 수 있는 미지의 부분은 더 많아지게 됩니다. 지금 저의 원은 여러분들 것보다 커서 제가 접촉한 미지의 부분이 여러분보다 더 많습니다. 모르는 게 더 많다고 할 수 있지요. 그런데 어찌 게으름을 피울 수 있겠습니까?"

내가 대학 다닐 때도 그런 친구들이 있긴 했지만 요즘 대학생들과 상담을 하다 보면, 대학에 다니면서 공부를 소홀히 하는 학생들을 많이 본다. 사실 의문이 간다. 비싼 등록금을 내면서 도대체 왜 대학을 다니는가? 물론 대학생활에서 공부 외에 얻는 것이 많은 것도 사실이다. 그러나 학생의 기본은 공부하는 것이다. 공부가 싫으면 대학을 떠나는 것이 맞다. 그러나 '공부는 안 하더라도 대학은 졸업하자'는 것이 그들의 생각인 듯하다. 그건 절대적으로 잘못된 생각이다. 주어진 시간을 효율적으로 활용하지 못하고 자기 삶에 도움을 주지 못하는 대학생활은 시간낭비일 뿐이다. '상식을 깨는 것', 즉 역발상으로 유명한 애플사의 CEO 스티브 잡스는 대학을 다니다 스스로 중퇴했다. 이유 중의 하나가 대학을 졸업하기 위해서는 자신이 관심 없는 과목도 들어야 하니 시간낭비가 많기 때문이라고 했다. 앞서가는 사람에게는 뭔가 다른 것이 있는 법이다.

나는 강의시간에 제자들에게 전공이 자기적성에 맞지 않으면 전과를 하든지, 아니면 자퇴해서 다른 것을 하는 것이 좋다고 수없이 강조한다. 물론 우리 전공에 대한 자긍심도 심어준다. 학과의 특성을 잘 모르고 입학했지만 잘 지도하여 전공에 대한 애착을 갖게 하고 내가 그러했듯이 대학원에까지 진학하여 우리 분야의 전문가로 활동하는 제자들을 볼 때면 가슴 뿌듯함을 느끼곤 한다. 이럴 때면 교수 되기를 참 잘했다는 생각이 든다.

자기의 장래를 위해 어떤 대학에 갈 것인지 깊이 생각해 볼 필요가 있다. 요즘 젊은이들은 진학할 대학을 선택함에 있어서 오직 합격 가능성만을 생각하고 그저 수능성적에 맞추기가 일쑤다. 자신의 취미나 진로는 크게 생각하지 않는 것 같다. 대입면접 때 수험생에게 지원동기를 물어보면 고 3 진학지도 선생님의 추천으로 왔다는 학생들이 상당히 많은 것으로도 뚜렷한 지원동기가 결여되어 있음을 알 수 있다.

누구에게나 대학을 올바르게 선택한다는 것은 매우 중요하다. 좋은 대학일수록 잘 배울 수 있고 졸업 후 취업을 비롯하여 유리한 점이 많은 것도 사실이다. 즉 명문대학일수록 졸업 후에 얻는 반사이익도 크다는 것이다.

그러나 대학을 선택하기 전에 전공하고 싶은 분야를 먼저 선택하는 것이 가장 중요하다. 졸업 후 사회에 나가 일자리를 구할 때 대학에서 공부한 분야면 더없이 좋기 때문이다. 물론 대학에서 전공한 분야에서 일해야 한다는 절대논리는 없다. 대학졸업 후의 진로를 조사해 본 한 통계자료에 의하면 30% 정도만이 전공분야와 관련된 일자리를 구했다고 한다.

우선 입학하고 보자는 식으로 대학에 들어가면 입학 후 적성에 맞지 않아 포기하거나 전과를 하기도 하고 마지못해 억지로 졸업하게 되니 안타까운 일이다. 로렌 포프는 그의 저서 『내 인생을 바꾸는 대학 Colleges that change lives』에서 대학을 선택할 때 버려야 할 고정관점 5가지를 소개했다.

첫째, 대학규모는 커야 한다. 둘째, 유명한 대학이 수준 높은 교육을 제공하고 성공도 보장한다. 셋째, 작지만 좋은 대학보다 종합대학에서 더 많은 것을 얻을 수 있다. 넷째, 친구들을 따라 대학을 선택하는 것이 좋다. 다섯째, 자기 자신을 돌아보거나 해당 대학을 직접 찾아볼 필요는 없다.

이와 같은 내용은 우리나라 학생들이 대학을 선택할 때 흔히 고려하는 사항들과 별 차이가 없다. 내가 생각해 보아도 이것은 단순한 고정관념에 불과하다. 대학에 진학할 자녀를 둔 내 주변 사람들에게 이야기해봐도 학생들 생각과 비슷하여 감짝 놀란 적도 있다. 요즘 학생들은 어쨌든 서울에 소재한 대학, 가능한 큰 대학, 인기학과, 그리고 마지막으로 적성이나 취미에 관계없이 합격권에 드는 대학이나 학과를 선택한다고 한다. 다시 한 번 생각해 보아야 할 사항들이다.

나는 대학을 선택할 때 등록금이 저렴한 국립인 강원대학교를 선택했고, 농고에서 축산과를 나왔으니 대학에서도 축산학과를 선택했다. 당시 나의 예비고사 성적으로 미루어 수험생들 사이에서 더 인기 있는 학과에 갈 수도 있었지만 나는 다른 학과는 생각해 보지 않았다. 그것에 관해서는 절대 후회하지 않는다. 대학생활 내내 하고 싶었던 공부를 하니 재미도 있었다.

그것은 내가 농촌출신으로서 농촌에 무엇인가 도움을 줄 수 있는 공부를 해야겠다는 확고한 목표의식이 있었기 때문이었다.

'농자천하지대본(農者天下之大本)'이라는 말이 있다. 농사 짓는 일을 하는 것이 천하의 사람들이 살아가는 큰 근본이라는 뜻으로 농사를 장려하는 말로 해석할 수 있다. 농업은 인류의 먹을거리를 생산하는 생명과학 분야이다. 근래에는 먹을 것이 해결되고 농산물수입이 자유로워져서 농업에 대한 인식이 다소 미약한 것은 사실이지만 과거 가난했던 시절을 생각하면 농업은 인류가 존재하는 한 지켜야 할 가장 소중한 생명과학 분야임을 알아야 한다. 혹자는 인류를 위협할 최종무기는 핵이 아니라 식량이라고까지 했다.

　농업 중에서도 축산(畜産)은 식품의 고급화란 의미에서 내가 농촌 출신으로서 전공을 선택하는 데 있어서 금상첨화격인 셈이었다. 일부이긴 하나 축산학을 단순히 소나 돼지 같은 가축을 키우는 1차 산업의 학문으로 생각하는 사람들이 많지만 그렇지 않다. 인류가 살아가는 데 근본적으로 필요한 식량자원 생산은 기본이고 나아가 인류의 생명, 건강, 복지, 환경 등을 아우르는 첨단 복합학문이다. 그래서 요즘은 전통적으로 축산학(animal science)이라 하는 분야의 명칭이 동물생명과학(animal life science)으로 불리고 있다.

자신을 돌아보기

- 왜 공부해야 하는지 생각해 보자.
- 무엇을 어떻게 공부해야 하는지 생각해 보자.
- 지금 하고 있는 공부에 대해 만족하는지 생각해 보자.
- 반드시 대학을 다녀야 된다고 생각하는가?

새로운 세상에 도전하다

십자가를 바라보며 없는 것을 있는 것처럼 생각하고 꿈꾸고 믿고
말하는 4차원의 생활로 운명과 환경을 변화시키라

—조용기

나는 지금까지 공부든 일이든 무엇이든지 열심히 그리고 최선을 다
하면 다 잘될 것이란 굳건한 믿음을 가지고 살아왔다. 성경의 마태
복음 9장을 보면 두 맹인이 눈을 뜨는 장면이 나온다. 예수님께서는
맹인에게 "내가 능히 이 일을 할 줄을 믿느냐 대답하되 주여 그러하
오이다 하니 이에 예수께서 저희 눈을 만지시며 가라사대 너희 믿음
대로 되라 하신대(마태복음 9 : 28~29)" 결국 두 맹인들은 눈을 뜨게 되
었다. 이것은 우리의 믿음이 무엇보다 중요하고 그러한 믿음이 있어
야 기대한 결과를 가져온다는 의미이다.

거듭 말해 대학교수가 되는 것이 나의 꿈은 아니었지만 나는 열심
히 노력하며 살다 보면 대학교수가 되지 말라는 법도 없다고 생각해

왔다. 이안 로버트슨은 그의 저서 『상상하라 그대로 이루어진다 *The Mind's Eye*』의 서문에서 이렇게 말하고 있다. "이제 당신이 원하는 것을 상상하라. 느껴지는가? 여러분의 몸과 마음은 이미 변하고 있다". 나 역시 그러한 생각과 믿음이 있었기에 오늘의 내가 있게 되었다고 생각한다.

물론 지난날 내가 걸어온 길은 교수가 되는 데 부족함이 없도록 나름대로 최선의 노력을 다해 달려왔다. 대학원에서 석·박사과정을 이수했고 관련 산업에서 10년이 넘는 기간 동안 대학에서 강의하고 연구하는 분야의 실무를 익혔기 때문에 교수가 된 후 강의, 연구, 그리고 학생들 지도나 취업알선에도 크게 도움이 되고 있다.

나는 1978년 3월 대학원 석사과정에 입학한 후 곧장 휴학하고 육군에 입대했다. 전방에서 군생활을 마친 후 병장으로 만기 제대한 뒤 1980년 가을학기에 대학원에 복학했다. 그런데 이게 웬일인가? 대학원 첫 학기 중에 아버지가 돌아가신 것이다. 겨우 57세이신 아버지가 돌아가시다니 글자 그대로 기가 막혔다.

이때부터 나는 외로운 나그네처럼 세상일에 혼자서 도전을 해야 하는 신세가 되었다. 사실 아버지의 건강이 좋지 않아 우리 가족들이 힘들었던 면도 있었지만, 돌아가시고 나니 여러 가지 면에서 그 전보다 더욱 힘들었다. 오랫동안 지병으로 고생하셨기에 늘 노심초사하고 지내왔었지만 막상 돌아가시고 나니 허탈감과 상실감은 이루 말할 수 없었다.

정말 나는 슬픈 마음에 어찌할 바를 몰랐다. 운명 소식을 듣고 서울에서 버스를 타고 고향집에 가는 동안, 그리고 장례를 치루는 기간 내내 흐르는 눈물을 주체할 수 없었다. 종갓집 장손인 내가 대학 이야기를 꺼낼 때 왜 아버지가 반대하셨는지 이해가 되었다. 건강상태가 호전될 때는 나에게 자부심을 심어주기도 하셨지만, 나의 대학 진학을 달갑게 생각하지 않으셨던 것은 자신의 건강상태가 우리 육남매의 뒷바라지를 책임질 만한 정도가 아니었기 때문임을 돌아가시고 난 후에야 알게 된 것이다. 나는 사실 아버지의 심정을 제대로 읽지 못하고 살아왔던 것이다.

우리 남매들의 학비를 보태느라 집에 돈이 없다고 병원에 가시길 싫어하셨고, 그렇다고 농토를 팔 생각은 더더욱 안 하셨다. 그나마 조금 있는 것으로 농사지어 가족들이 먹고살아야 하는데 그것마저 팔게 되면 다 굶어 죽는다는 것이다. 어머니가 논 한자리 팔아서 병 고치고 다시 시작하자고 하시던 말씀도 기억이 난다. 하지만 아버지는 그런 말을 뒤로 한 채 결국 우리 곁을 떠나시고 만 것이다.

그래서 나는 장남이라는 책임감 때문에 대학원을 포기하고 취업하기로 마음먹고 지도교수님과 상의했다. 그러나 교수님은 자퇴를 허용하지 않으시고 학업을 마칠 것을 권하셨다. 그 대신 교수님이 소장직으로 관여하시던 한국축산과학연구소의 일을 하도록 배려하여 석사과정을 마칠 수 있도록 해주셨다. 감사하지 않을 수 없는 일이다.

석사학위를 수여 받은 직후 나는 서둘러 직장을 구했다. 추후에 여유가 되면 박사과정을 이수하기 위해 서울에 소재한 중소기업형 사료회사(한일사료)에 입사했다. 대기업에서도 입사요청이 있었지만 근무지가 서울이 아니라서 사양했다. 첫 출근을 하면서 나는 마음속으로 다짐했다. 앞으로 4~5년 동안 열심히 일하고 저축해서 집안형편이 어느 정도 안정되면 박사과정 공부를 계속할 것이라고.

그러나 5년이란 세월이 지나도 나의 목표였던 박사과정 공부를 시작할 형편이 되질 못했다. 경제적인 면도 있었고 회사일이 워낙 바빠서 공부할 시간도 없었다. 1985년 1월에는 결혼하여 그해 11월 첫딸인 미지가, 그리고 1987년 5월에는 둘째인 아들 희승이가 태어났다. 집안형편이 나아질 수가 없었다. 직계가족의 생활비도 걱정해야 했고, 고향의 어머니에게 용돈도 보내드려야 했으며, 동생들의 학비도 보태야 했다. 내가 꿈꾸던 박사과정 공부는 점점 물 건너간다는 느낌이 들었다.

그러나 나는 그 생각을 저버리지 않았다. 언젠가는 공부를 다시 시작할 수 있을 것으로 굳게 믿고 있었다. 그런 생각으로 직장생활이 힘들어도 즐겁게 더욱 열심히 일했다. 한편으로는 대학원 박사과정은 이수하지 못하더라도 내가 열심히 해야 관련업계에서 전문가로 살아남을 수 있다는 생각도 했다.

첫 직장은 중소기업이라 솔직히 말해 많은 것을 배우기에는 한계가 있었다. 그래서 박사과정 공부는 좀 더 미루더라도 큰 회사에 들어가서 일해보고 싶은 생각이 들었다. 그러던 차에 대학원 지도교수님을 비롯한 주변 지인들의 도움으로 1988년에는 축산업계에서 세계적으로 선두주자인 미국계 다국적 기업(퓨리나 코리아)으로 직장을 옮겼다. 보다 더 넓은 세상을 향해 꿈을 펼칠 수 있는 기회를 잡은 것이다.

직장을 옮긴 후 새로운 분위기에 적응함은 물론, 그 직장에 꼭 필요한 사람이 되기 위해 뼈를 깎는 노력을 했다. 작은 회사에서 근무했기 때문에 모르는 것이 많다는 소리를 들을까 두려워 열심히 일하며 새로운 것들을 터득했다. 그러다 보니 2년이란 세월이 훌쩍 지나갔다. 전 직장에 비해 많은 것을 배울 수 있는 좋은 곳이었다. 이것저것 배우고 익히면서 그야말로 정신없이 시간을 보냈다. 하는 일에 익숙해지자 재미도 있고 보수도 괜찮아졌다. 집안 경제사정도 다소 호전되고 보람도 느껴가고 있었다.

돌이켜 보면, 큰 무대가 할 일도 많고 배울 것도 많았다. 작은 회사의 경험을 토대로 큰 회사에서 일을 하다 보니 이 분야에서 일하는 데 자신감도 생기고 앞으로 더 중요한 일을 할 수 있을 것이란 생각이 들었다. 관상어 중에 코이(Koi)라는 잉어가 있다고 한다. 코이는 어항에 넣어두면 보통 6~8cm 정도 자라지만 조금 더 큰 수족관이나 연못에 넣어두면 20~25cm까지 자라며, 강물에 방류하면 90~120cm까지 성장한다고 한다. 자기가 숨 쉬고 활동하는 세계의 크기에 따라서 몸의 크기를 결정한다는 것이다. 사람의 관점에서 볼 때 우리의 활동무대는 코이가 사는 공간과도 비교할 수 있는 것이 아닐까?

그런 와중에서 나는 뭔가 부족함을 느끼고 있었다. 다국적 기업이다 보니 영어가 능통해야 했는데 의사소통과 생존에는 문제가 없었지만 회사 내·외부의 외국인들과 영어로 수평적인 대화를 하기에는 부족하다는 것이었다. 부서장 회의에 외국인 사장이 참석하여 영어로 회의를 진행할 때가 있었는데 부서장 중에서 일부를 제외하곤 부족한 영어로 인해 의사소통에서 힘들어 하는 것을 보고 이 회사에서 승승장구하려면, 그리고 국제화 시대에서 뒤처지지 않으려면 영어가 그야말로 유창해야 한다는 것을 새삼 깨닫게 되었다.

또한 전문가가 워낙 많은 회사라 박사학위가 없이는 전문가로 대접받기가 쉽지 않았다. 나의 경우 현장 실무경험은 많은 편이지만 박사학위가 없으니 승진이 순조로울지도 모르는 일이었다. 결국 그 회사에서 당장 생존하는 데는 별 문제가 없을 것 같았지만 계속 근무한다면 지금과 같은 학벌로 훗날 후회가 없을까라는 의문이 생겼다.

그때가 나의 인생에서 가장 중요하면서도 어려운 시기였다. 나의 삶에 변화가 필요한 시점임을 느꼈다. 솔직히 말해 내 속에 잠재해 있는 변화에 대한 강렬한 욕구를 자제하기가 어려웠다. 나는 어떤 회사에 근무하든 해당분야의 최고 전문가가 되어야 한다고 내심 생각하고 있었기 때문에 자질을 갖추어가는 데 있어서 부족한 부분을 스스로 채워가지 않을 수 없었다. 마리아 살레찌와 윌마 후게리가 쓴 『나를 변화시키는 힘』이란 책을 보면 "진화하기 위해서는 스스로 변화하게 내버려두어야 한다"라고 했다. 변화를 위해 옳은 일이라면 억지로 자제할 필요가 없다는 뜻이다.

나는 또다시 결단을 내려야 했다. 이대로 갈 것인가, 아니면 뭔가 새로운 것을 추구할 것인가를 선택해야 했다. 그 결정은 빠를수록 좋다고 느꼈다. 자꾸 나이를 먹어가기 때문이었다. '지금 이 시기를 놓치면 점점 더 새로운 변화를 추구하기 어려워진다. 박사학위에도 미련이 있는데 더 늦어지면 아무것도 못한다'는 강박관념이 나를 엄습해 온 것이다.

대학원에서 같은 시기에 석사과정을 공부한 분들은 벌써 박사학위를 취득하여 우리 분야의 명실상부한 전문가가 되었거나 대학교수가 되었는데 나는 아직도 머뭇거리고 있으니 한심하기 짝이 없었다. 회사에서 파트타임으로 박사과정을 보내주면 국내대학에서 그렇게라도 하려고 했지만 그것은 여건상 불가능함을 알고 있었다.

그래서 나는 어려운 결단을 내려야 했다.

'그래, 내 형편으로 어려운 생각이긴 해도 일단 박사과정으로 미국 대학을 가는 거야. 미국 가면 영어도 좀 더 잘할 수 있고 여건이 되어 박사학위도 마칠 수 있으면 얼마나 좋으랴!'

면목은 없지만 마침 미국에는 손위 동서 내외가 계시니까 여러 가지 면에서 도움도 받을 수 있으니 하나의 기회라고 생각했다. 다시 말해서 미국 가서 박사학위를 받을 때까지 공부하면 좋고, 안 되면 영어라도 더 익힐 수 있지 않겠는가, 그러면 과거 나의 미국유학에 대한 미련도 없앨 수 있는 거니까 결과는 어떤 경우라도 좋다고 판단했다.

사실 그 당시 나는 유학에 대한 미련이 많이 남아 있었다. 강원대학교에서 서울대학교 대학원에 갈 때에는 외국 유학도 내심 생각했었다. 하지만 석사과정 1학기 때 아버지가 돌아가시고 난 후 박사과정에 대한 미련을 뒤로 하고 취업을 해야 했기 때문에 그것에 대한 꿈을 잠시 내려놓았던 것이나 마찬가지였다.

이제부터 새로운 도전을 해야 했다. 새로운 꿈을 향하여 달려가야 했다. 아내를 설득하여 미국대학의 입학허가를 받기 위해 필요한 영어(토플)시험을 쳤다. 이어 입학에 필요한 토플성적을 얻은 후 아이오와 주립대학교에서 입학허가서도 받았다.

그리고 1991년 초 미국으로 떠났다. 아내와 어린 자녀 둘을 데리고 과감히 미국행 비행기에 몸을 실은 것이다. 아이오와 주립대학교에 도착해서 공부를 시작했다. 그런데 대학 측에서 한국 유학생에게는 장학금을 못 주겠다고 말하는 것이었다. 입학하기 전에는 장학금을 적극 고려하겠다고 해놓고 이게 어찌된 일인가 싶어 애가 타기 시작했다. 마침 같은 학과에 한국 유학생이 한 분 계셨는데 그분도 장학금을 받지 못하고 있었다. 오클라호마 주립대학교에서 박사과정 공부를 하고 있는 친구한테 전화를 했더니 그도 같은 형편이었다.

당시 미국의 우리 분야 대학들은 한국 유학생들에게 장학금을 주는 데 매우 인색한 시기였다. 교수의 연구업무를 도와주는데 장학금을 못 받는 것은 말이 안 된다고 생각했다.

그래서 경제적인 어려움이 있을 것 같아 손위 동서 내외가 살고 있는 오레곤 주 포틀랜드에서 가까운 오레곤 주립대학교로 옮겨 박사과정 공부를 시작하게 되었다. 그 대학에서는 두 번째 학기부터, 쿼터제이니까 정확히 말해 3개월 후부터 장학금과 기본 생활비를 주겠다는 약속도 받았다. 그때부터는 돈 걱정 크게 안 하고 공부만 열심히 하면 되겠다고 다행스럽게 생각하고 있었다.

그런데 또다시 문제가 생겼다. 미국으로 온 지 1년이 채 안 되었을 때 어머니께서 건강이 좋지 않아 집안일을 꾸려가기 어렵다는 소식이 왔다. 사실 한국을 떠나오기 전 어머니가 이끌어 가시던 집안일을 내가 많이 도왔는데 나 없이 하실 수 있을까를 생각하니 집안의 잡다한 일들이 너무나 걱정스러웠다. 또한 나이 들어 공부하자니 벌써 아이가 둘인 가장으로서, 그리고 아버지가 안 계신 종갓집 장남으로서 마음에 걸리는 일이 너무 많았다.

그런 관계로 나는 미국에 오기 전이나 오고 난 후에도 나의 형편을 고려하지 않을 수 없었다. 한편으로는 박사과정 공부에 4~5년을 투자해도 대학교수 자리가 보장되는 것도 아닌데 꼭 미국에서 공부해야 하는지에 대한 고민도 있었다. 어차피 산업체에 근무한다면 일선에서 선진 실무를 익히는 게 낫겠다는 생각도 들었다.

진퇴양난이었다. 어렵게 미국에 왔는데 학위도 못 받고 그냥 돌아가야 한다고 생각하니 허탈하기도 했고 부끄럽기도 했다. 그러나 현실은 현실이었다. 내가 게을러서 하지 못하는 일은 전적으로 내 탓이지만 주변여건이 허락하지 않는 일을 수용하는 것도 순리라고 생각했다. 어렵게나마 확보한 장학금도 쓸모없게 되었다.

이렇게 미국에서의 박사학위 취득에 대한 꿈은 끝내 이루어지지 않고 말았다. 그러나 박사학위에 대한 꿈은 절대 포기할 수 없었다. '인생은 실패할 때 끝나는 것이 아니라 포기할 때 끝나는 것이다'라는 말이 있다. 우리의 꿈도 마찬가지다. 당시 내가 미국유학을 포기하고 귀국했다는 것을 알고 같이 일하자고 하던 고마운 분들이 있었는데 조건이 박사학위를 포기하라는 것이었다. 여러 가지 면에서 괜찮은 제안이었지만 박사학위에 미련이 있는 나로서는 수용하기가 곤란했다.

마침 귀국하여 보니 서울대학교 대학원 박사과정 입학시험이 있었다. 그 시험을 친 결과 다행스럽게도 합격하였다. 그때 내 형편은 박사과정을 풀타임으로 다니기 어려워 부득이 대학원을 다닐 수 있게 해주는 직장을 구해야 했다. 두어 달 정도 지난 다음 부산경남 지역의 축협(양돈 축산업 협동조합)에 직장을 얻을 수 있었다. 마음 놓고 대학원을 다닐 수 있는 조건의 직장이었다. 사실 직장을 다니면서 박사과정 공부를 할 수 없다면 장학금이 보장된 미국으로 다시 돌아갈 생각도 했었으나 너무나 좋은 제안이어서 미국에 있던 가족을 불러들이고 미국에서의 공부를 미련없이 접게 되었다.

축협에서 사료공장의 총책임자가 되어 업무에 대한 부담은 컸지만 학교에 마음대로 갈 수 있어 좋았다. 그 축협은 신규로 사료사업을 시작한지라 공장도 건설해야 하고 할 일이 너무 많았다. 그로부터 약 5년 동안에 사료사업을 성공적으로 이끌어 정상궤도에 올려놓을 수 있었다. 그것은 내가 미국에서 박사학위를 취득한 것 이상의 좋은 실무경험이 되었다.

그 무렵에 모교인 강원대학교에서 동물 사료학 분야 교수를 채용한다는 소식을 접하고 지원하여 다행스럽게도 임용되었다. 40살이 넘은 나이에 늦깎이 교수로 대학에서 일을 시작하게 된 것이다. '진인사 대천명(盡人事待天命)'이라는 말이 있다. 사람이 할 일을 다하고 나서 하늘의 뜻을 기다려야 한다는 말이다. 무슨 일이든 최선을 다하는 사람에게는 그 뜻을 이룰 수 있는 기회가 반드시 온다고 보아야 할 것이다. 성경 속 요셉을 보자. 그는 형제들로부터 배신을 당해 애굽의 종으로 팔려갔으나 최선을 다해 일했다. 보디발 아내의 모함으로 감옥에 가는 수모를 겪었으나 그것이 전화위복이 되었다. 감옥에서 왕의 꿈을 해몽하는 기회가 온 것이다. 그 결과 그는 애굽의 종에서 총리가 되었다.

이렇게 여러 직장을 거쳐 대학의 교수로 오게 된 것은 나에겐 큰 변화요, 도전이었다. 앞에서 말한대로 대학원에 진학할 때 나의 꿈은 교수가 아니라 한 분야의 전문가가 되어 보겠다는 것이었다. 그러나 산업체에서 일하는 동안 대학에서 교수로 일해 보고 싶은 생각이 들었는데 그것이 이루어진 것이다.

지나놓고 보면 힘들었던 과거의 모든 과정은 곧 연단이라 할 수 있다. 나는 여기서 교수가 된 것을 자랑스러워하고 산업체에 근무한 것을 폄하하려는 의도는 전혀 없다. 근무조건이나 보수가 좋기 때문에 대학에서 산업체로 자리를 옮기는 교수도 있으니 직장으로 반드시 어디가 좋다고 하기는 곤란하다. 다만 교수가 되기 전 여러 직장을 거친 것을 연단이라고 하는 것은 교수가 되기 전 산업체 근무경험이 교수생활을 하는 데 있어 더없이 좋은 경험의 기회였다는 것을 강조하기 위함이다. 응용학문의 세계는 이론도 중요하지만 산업현장을 잘 알면 학생들을 가르치는 데 도움이 많이 되기 때문이다.

미국에서 비록 박사학위를 취득하진 못했지만 많은 학문적·산업적 경험을 한 셈이다. 그동안 영어실력도 많이 향상되었고, 모든 면에서 선진국인 미국의 관련학문이나 산업세계를 이해할 수 있어서 좋았다. 그리고 미국유학에 대한 미련도 과감히 떨쳐버릴 수 있었다. 이것은 솔직히 말해 미국으로 가기 전 나의 최소한의 계산이기도 했다. 미국에서 박사학위를 얻지 못해도 다른 얻을 것이 많아 손해는 아니라는 것이다. 내가 직접 경험해보니 한국에서도 열심히 하면 언어(영어) 외에는 결코 뒤질 것이 없다는 생각도 들었다.

나는 지금까지 살아오면서 나 자신의 발전과 변신을 위해 부단히 노력해 왔다. 그래서 지인들로부터 '럭비공'이란 별명도 얻었다. 언제 어디로 튈지 모른다는 뜻이다. 그렇다. 나는 무슨 일을 하다 '이게 아니다'라고 판단이 들면 과감히 떨쳐 버린다. 보다 보람되고 유익한 삶을 위해 방향을 바꾸는 강한 열정이 있는 것이다.

럭비공이란 의미는 변덕이 아니라 보통 사람들이 쉽게 생각하지 못하는 변화 또는 진보를 의미한다. 요즘 '변화경영(never-ending changes)'이란 말을 흔히 듣는다. 인간이 존재하는 한 조직, 전략, 목표 등은 끊임없이 변화해야 한다는 것이다. 그리고 급변하는 현대사회에서 변화하지 않으면 변화 당하게 된다. 극단적인 표현이지만 조직의 경우 '변화하지 않으면 죽는다(change, or death)'란 말도 있다. 조직이 아닌 개인도 마찬가지다. 하찮은 동물도 살아남기 위해서는 변화하는 환경에 적응하지 않을 수 없는데 하물며 우리 인간은 더욱 그러하지 않겠는가?

우리는 항상 새로운 세상에 도전해야 한다. 현실에 안주해서는 더 이상의 발전이 없기 때문이다. 나는 애플사의 CEO인 스티브 잡스를 좋아한다. 그가 2005년 스탠포드 대학의 졸업식에서 연설할 때 사용한 의미 있는 멘트를 기억하고 있다. 그것은 "Stay hungry, stay foolish"란 말이다. 그것을 우리말로 직역하면 "배고픈 채로 그리고 어리석은 채로 머물라"란 것이지만 의역하면 "계속 갈망하라, 여전히 우직하게"란 뜻이다.

다소 빗나간 이야기이긴 하나, 우리에 갇혀 있던 산란계와 육용계를 야산에 풀어 놓고 관찰한 경험이 있다. 산란계는 거의 매일 하루

한 개의 알을 생산하는 닭이었으며, 육용계는 아직도 성장 중인 것이었다. 둘을 비교해 보니 행동이 너무나 달랐다. 산란계는 먹이를 구하기 위해 행동이 아주 민첩하고 바쁘다. 반면에 육용계는 느리기가 이루 말할 수 없다. 산란계는 산란율을 유지하면서 계란생산에 필요한 영양소를 충당하기 위해서는 부지런히 먹이를 찾지 않으면 안 된다. 자연히 산란계는 육용계와는 달리 빨리 움직일 수밖에 없는 것이다.

우리 인간도 마찬가지다. 공부든 일이든 절대적으로 필요하다고 느껴야만 비로소 하게 된다. 앞의 문장을 내가 의역한다면 "뭔가 부족해서 궁핍을 느끼지 않으려면(hungry), 뭔가 몰라서 바보소리 듣지 않으려면(foolish) 노력하라"라고 하고 싶다. 삶의 질을 높이기 위해서는 지속적으로 노력해야 한다. 그렇게 할 때 우리가 추구하는 꿈도 비로소 이루어지는 것이다.

자신을 돌아보기

- 모험을 좋아하는지 생각해 보자.
- 새로운 환경에 대한 자신의 적응력은 어떠한가?
- 직장생활하며 공부하는 것에 대해 생각해 보자.
- 바보소리를 들을 만큼 한 가지 일에 우직하게 매달려 본 적이
  있는가?

용기와 신념이 필요하다

나는 지금까지 살아오면서 용기만은 확실히 지녔다고 생각한다. 내가 하고 싶은 일에 대해서는 탱크처럼 밀어붙였으니 그런 생각이 든다. 추진력은 좋으나 다른 한편으로 생각해 보면 주변형편을 헤아리지 못한 고집쟁이에 불과했다고 할 수도 있다. 나의 용기 중 일부는 어쩌면 사리를 분별하지 못하고 함부로 날뛰는 만용(蠻勇)에 불과했는지도 모른다. 그러나 내가 여기서 용기라고 하는 것은 '내 자신이 감당하기에는 다소 벅찬 일이지만 그래도 하고자 하는 나의 굳센 의지'라고 생각한다. 왜냐하면 쉬운 일을 하는 것이나 다소 어려워도 마땅히 해야 할 일을 하는 것은 용기라고 할 수 없기 때문이다.

내가 농고를 졸업하고 어려운 가정형편을 무시한 채 과감히 대학으로 진학한 것과 대학원에 들어간 것은 보통 사람으로는 결행하기 힘든 일이라고 생각한다. 더욱이 남들이 부러워하는 안정된 직장생활을 잘하다가 공부하기에는 늦은 나이에 느닷없이 미국 유학길에 오른 일은 가족들의 동의를 구하지 못하면 안 될 일이었지만 나의 일방적인 결정으로 밀어붙였다.

가정형편이 어렵다 보니 누구도 그러한 나의 결정에 적극 찬성하지 않았다. 가족들이 반대하던 것도 충분히 이해가 간다.

로버트 스타웁 2세는 그의 저서 『용기 *The seven acts of courage*』에서 7가지 용기 중 꿈을 꾸고 그 꿈을 향해 나아갈 수 있는 용기를 매우 의미 있게 지적하고 있다. 꿈을 향해 나아가는 데는 여러 가지 환경적 장애물이 있을 수 있다. 장애물 가운데는 자신과 직접 직면한 것들도 큰 비중을 차지한다. 그러나 나는 내가 하는 일에 장애물은 거의 없다고 생각했다. 왜냐하면 장애물이 있더라도 넘어가거나 비켜가는 길은 얼마든지 가능하다고 생각했기 때문이다.

어떤 일을 할 때는 용기도 있어야 하지만 강한 신념 또한 있어야 한다. 거듭 말하지만 나는 무엇이라도 하면 된다고 생각했지, 결코 안 된다고 생각해 본 적이 없다. 농사일을 하다 불과 4개월 앞에 닥친 대학입학시험도 나는 안 된다고 생각하지 않았다. 주변에서는 어렵다고 했지만 나는 합격하고 말았다.

생각은 많은데 행동할 용기가 없으면 아무것도 할 수 없다. "생각은 쉽고 행동은 어려운데 이 세상에서 가장 어려운 것은 생각을 행동으로 옮기는 것이다”라고 한 괴테의 말처럼 행동하는 것은 결코 쉽지 않다. 나는 하나님을 믿는 사람이다. 하나님을 믿기 시작한 후로는 내가 하는 일이 좀 지나치더라도 긍정적인 요소가 있으면 하나님이 도와주실 것이라고 확실히 믿고 있다. 일단 벌여 놓으면 어떤 형태로든 잘 수습이 될 것이란 믿음이 있다는 뜻이다.

집안이 가난해도 용기와 신념이 있으면 공부할 길을 찾을 수 있다. 독학으로 공부한 사람들이야 두말할 필요도 없거니와 하나님의 도움으로 공부한 좋은 예가 있어 전해보고 싶다. 어느 교수는 어린 시절 너무나 가난하여 상급학교에 진학할 수 없게 되자 “하나님, 진학의 길을 열어 주십시오”라고 편지를 쓰고 겉봉에 ‘하나님께’라고 적은 다음 우체통에 넣었다고 한다. 그 편지를 어떻게 처리할까 고민하던 우체국에서는 생각 끝에 한 교회로 보냈다고 한다. 그 후 그 교회 목사의 주선으로 그는 대학에 진학하고 해외유학까지 마치고 돌아와 대학 교수가 되었다고 한다.

내가 왜 이러한 예를 드는가 하면 나도 결혼 전 유학을 가고 싶었을 때 도와줄 사람을 찾기 위해 기도했던 적이 있기 때문이다. 그래서 돈이 없어도 공부하고자 하는 사람들의 마음을 너무나 잘 이해하고 있다. 내가 교수가 된 이래 지난 10여년 간 학업 및 진로상담차 내 연구실을 찾은 학생들 중에는 등록금 걱정하는 학생들이 꽤나 많았다. 공부를 계속하고 싶은데 등록금이 없다는 것이다. 그런 이야기를 할 수 있는 것도 일종의 용기인 셈이다.

이루고자 하는 꿈, 즉 목표가 분명하면 언젠가는 그것이 이루어지게 마련이다. 성경에서 "꿈과 믿음은 함께 간다(히브리서 11 : 1)"라고 했다. 나는 미국에서 박사학위를 중단할 때 아쉬움이 커서 견디기 힘든 시간을 보내기도 했다. 그러나 미국에서 박사과정을 포기해도 한국에서 박사학위를 취득할 수 있을 것으로 믿었기 때문에 위안이 되었다. 거듭 말하지만 나는 분명한 목표를 가지고 주어진 일에 매진했기 때문에 우리나라 축산 분야에서 명실상부한 전문가가 될 수 있었다. 최고의 전문가가 되기 위해서 박사과정을 이수하는 것은 기본이나 다름없다. 우리 분야에서 최고의 전문가가 되어 보고 싶은 신념이 있었기에 하나님이 나를 산업현장에서 훈련시키며, 박사학위도 취득하게 한 다음 그것을 토대로 강의와 연구를 잘할 수 있도록 강원대학교의 교수로 보내준 것으로 믿는다.

꿈이 이루어지는 것은 하나님이 역사하시는 것이다. 나는 하나님이 나를 돕고 계신다고 분명히 믿고 있었다. 그래서 어렵게 박사학위를 받은 후에도, 그리고 교수가 된 후에도 하나님께 감사를 드리며 찬양했다. "하나님은 나의 진정한 인도자이시다!". 온갖 역경을 이겨낸 다윗은 어떠했는가? 그는 이렇게 노래했다. "나의 힘이 되신 여호와여 내가 주를 사랑하나이다 여호와는 나의 반석이시요 나의 요새시요 나를 건지시는 자시요 나의 하나님이시요 나의 피할 바위시요 나의 방패시요 나의 구원의 뿔이시요 나의 산성이시로다(시편 18 : 1-2).

한편 꿈을 이루려면 확고한 신념이 있어야 한다. '피그말리온 효과(pygmalion effect)'란 말이 있다. 자신이 이루고자 하는 일에 지극정성을 다하면 결국 자신이 원하는 것을 이룰 수 있다는 뜻이 있다. 이것은 그리스 신화에 나오는 조각가 피그말리온의 이름에서 유래한 심리학 용어이다. 조각가였던 피그말리온은 아름다운 여인상을 조각하고, 그것을 진심으로 사랑하게 된다. 여신 아프로디테(로마 신화의 비너스)는 그의 사랑에 감동하여 여인상에게 생명을 주었다.

신념이 뚜렷하지 않으면 용기도 없어진다. 그것은 실패에 대한 두려움 때문이다. 시도에는 실패, 즉 시행착오가 따르게 마련이다. 실패에 대한 두려움은 무슨 일을 하는 데 있어서 크나큰 장애요인이다. 이것은 때로 행동에 대한 거부반응과 강박관념을 갖게 하는 족쇄가 되기도 한다. 실패를 두려워하여 용기를 잃은 나머지 아예 시도하지 못하는 경우도 무수히 보았다.

나는 미국에서 박사과정을 포기하고 귀국했을 때 주변의 따가운 눈총을 받아야 했다. 실패할 것을 미국은 왜 갔느냐, 공부하기에는 너무 나이가 많다 등등의 말도 들어야 했다. 그러나 그러한 말들은 나를 정확히 모르는 사람들이 하기 좋아하는 이야깃거리에 불과했다. 내가 시도할 때는 뭔가 있었던 것이다.

토머스 에디슨은 "실패하지 않는 유일한 길은 아무것도 시도하지 않는 것이다"라고 했다. 에디슨은 어떤 사람인가? 우리는 그를 단순히 발명왕으로만 기억하고 있다. 그러나 그가 뭔가 하나를 발명하기까지 엄청난 실패를 거듭했다는 사실을 우리는 간과하고 있다. 일례로 백열전구를 발명하기 위해 필라멘트 실험을 하는 과정에서는 무려 6천 번에 이르는 실패를 겪었다고 한다. 이것이 바로 자신이 하는 일에 대한 진정한 용기이며 불굴의 신념이다.

"시도하지 않으면 아무것도 할 수 없다"라고 한 지그 지글러의 말에도 귀를 기울일 필요가 있다. 그는 사람들이 자기재능을 발휘하지 못하는 이유를 자기재능의 부정, 망설임, 그리고 두려움 때문이라고 했다. 이것이 바로 시도의 용기를 잃게 하는 요인이다. 존 가드너는 『자기로부터의 변신Self-renewal』이란 책에서 "사람들을 갉아먹으며 나약하게 만드는 심적 · 감정적 장애야말로 뭔가에 대한 성취를 가로막는 가장 큰 장애물이다"라고 지적했다.

실패에 관한 한 링컨의 예를 들지 않을 수 없다. 잘 알려진 바와 같이 그는 미국의 위대한 대통령 중 한 명이다. 그러나 대통령이 되기까지 그는 온갖 실패로 얼룩진 삶을 살았다. 1831년 사업에 실패했고, 1년 뒤 주 의회 의원에 출마해 낙선했고, 1833년 다시 사업에 실패해 17년간 빚을 갚느라고 고생했다.

1834년 간신히 주 의회 의원에 당선됐지만 2년 뒤인 1836년 신경쇠약증 환자가 되었으며 1838년 하원의장에 낙선했고, 1843년에는 국회의원에 낙선했다. 1846년 간신히 국회의원에 당선되었지만 1848년 또 다시 국회의원에 낙선했고, 1855년 상원의원에 낙선했고, 1856년 부통령에 낙선했지만 1860년에 끝내 대통령에 당선되었다. 그는 수없는 실패로 얼룩진 삶을 살았지만 결국 위대한 정치가가 된 것이다.

우리는 가끔 부족한 자신의 처지로 고민하며 '나 같은 사람은 아무것도 할 수 없다'라고 좌절하는 경우가 있다. 내가 부족한 것이나 불행한 것도 성경적으로 생각하면 조금도 부끄러워할 일이 아니다. 또한 그로 인해 나는 아무것도 할 수 없다고 자포자기할 필요도 없다.

우리는 흔히 태어난 환경이나 외모 등에 대해 열등의식을 지니게 된다. 그러나 그러한 것들은 우리 자신의 탓이 아니지 않은가! 우리는 태어날 때 가정이나 부모를 선택할 권리를 지니지 못한다. 나는 어렸을 때 부유한 가정, 그리고 사회적으로 훌륭한 부모를 둔 가정에서 태어난 친구들이 부러웠지만 성인이 된 후에 그것이 너무나 어리석은 일이었다고 생각했다.

자신을 돌아보기

- 내가 한 일 중에서 가장 용기 있게 한 일은 무엇이었는가?
- 어떤 일에 실패해 본 경험이 있는가?
- 실패한 경험을 바탕으로 성공한 예를 들어 보자.
- 나를 나약하게 만드는 요인은 무엇인가?

성공의 의미

03
성공의 의미

성공의 의미는 무엇인가? 크리스천이라면 성공을 세상적 기준과 하나님 기준으로 구분하여 살펴볼 필요가 있다. 세상적으로 아무리 성공한 것이라고 하더라도 하나님 입장에서 보면 대단하지 않을 수 있고 심지어 옳지 않을 수도 있다. 또한 성공한 후 그 성공을 지키지 못하는 경우가 허다하다. 그러므로 성공은 영속성이 있어야 한다. 그리고 나의 성공은 혼자 이루는 것이 아니므로 성공 후 남을 도울 수 있는 아름다운 마음도 가져야 한다.

무엇이 성공인가?

자기가 태어나기 전보다 세상을 조금이라도 살기 좋은 곳으로
만들어 놓고 떠나는 것, 자신이 한때 이곳에 살았음으로 해서
단 한 사람의 인생이라도 행복해지는 것, 이것이 진정한 성공이다
— 랄프 왈도 에머슨

나는 작은 시골 농촌에서 태어나 농고를 졸업한 후 농사일을 하게
되었지만, 그 후 갖은 노력과 고생 끝에 대학교수기 되었다. 그리고
교회에서는 장로로 임직되었다. 그래서인지 주변사람들은 나를 보
고 성공한 사람이라고 말한다. 그러나 나는 내 자신이 과연 성공했
는지 자신을 돌아보게 된다.

무엇이 성공이란 말인가? 그 질문에 정확히 답하기는 어려울 것
같다. 사전에서 성공(success)의 어원은 성취(achievement)와 같은 의미
로 쓰인다. 간단히 말하자면 성공이란 자신이 가진 생각이나 꿈을
이루는 것이다.

성공은 세상적 가치기준으로 보느냐, 하늘 가치기준으로 보느냐에 따라 다를 수 있다. 세상적인 가치기준으로 보면 부자가 된다든지 명예를 얻는다든지 또는 권력을 갖는다든지 하는 여건들을 잘 갖추고 누리게 되는 것을 성공이라고 할 수 있다.

그러나 세상적인 가치기준이 아니라 하늘 가치기준으로 보면 이 세상의 성공은 큰 의미가 없을 수도 있다. 인간이 추구하는 것과 하나님이 추구하시는 것은 크게 다를 수 있기 때문이다.

2005년 여름, 서울 양화진 외국선교사 묘역을 방문한 적이 있었다. 많은 선교사들이 우리나라에 복음을 전파하기 위하여 파송된 후 헌신하다가 희생되어 잠들어 있는 곳이다. 그곳 양화진에 최초로 안장된 헤론이란 의료선교사의 묘가 눈에 들어왔다.

그는 테네시대학교 의대를 수석으로 졸업하고 20대에 모교의 교수로 초빙받은 수재였지만 그것을 마다하고 하나님의 뜻에 따라 한국에 파송되어 이질 환자를 돌보다 이질에 감염되어 33세의 젊은 나이로 목숨을 거두었다고 한다. 비록 짧은 삶을 살았지만 그의 삶은 참으로 뜻 깊은 일이 아닐 수 없다. 헤론을 비롯하여 거기 잠든 선교사들은 모두가 유능한, 그야말로 장래가 촉망되는 분들이었다.

세상적으로 생각하면 양화진에 잠들어 있는 외국선교사들을 어리석다고 할 수도 있지만 그들로 인해 우리나라에 하나님의 말씀인 복음이 전파되고 서양의술이 앞당겨 정착되었다는 사실은 부정하지 못할 것이다. 그들은 성공한 사람들인가 아니면 실패한 사람들인가?

나는 크리스천으로서 언제부터인가 성공을 세상기준에서 하나님 기준으로 바꾸어 보기 시작했다. 즉 육체적 삶에서 영적 삶에 대한 의미를 더욱 중요시하게 된 것이다. 그렇다면 어떻게 살아야 하는가? 그 답은 분명하다. 어렵긴 하지만 하나님이 기뻐하시는 삶을 살아야 한다는 것과 "무슨 일을 하든지 다 하나님의 영광을 위하여 하라(고린도전서 10 : 31)"는 말씀대로 살기 위해 노력해야 한다는 것이다.

세상에는 자신의 부귀영화를 위해 수단방법을 가리지 않는 사람들이 너무나 많다. 에이든 토저는 그의 저서 『이것이 성공이다 *Success and the Christian*』에서 "영적 삶의 성공은 하나님 이외의 모든 것을 버리는 삶이다. 내 가족만 잘먹고 잘살려고 발버둥치는 짓에서 그만두는 것이다"라고 했다.

성공을 행복과 연계하여 생각할 수도 있다. 성공하면 행복해야 한다. 세상적 가치기준으로 흔히 우리는 앞에서 말했던 돈, 명예, 그리고 권력을 성공의 기준으로 꼽는다. 그런데 분명한 것은 돈을 많이 가진 사람이나 큰 명예를 얻은 사람이 반드시 행복한 것만은 아니라는 것이다.

돈에 대해 조금 더 이야기를 해보고 싶다. 돈이 많은 부자를 우리는 흔히 '잘산다'라고 말한다. 그런데 자세히 살펴보면 돈 많은 사람은 물질의 풍요는 누릴 수 있어도 마음의 풍요는 느끼지 못할 수도 있다. 물질만능시대, 즉 돈이 모든 것을 해결할 수 있다고 믿는 이 시대를 살아가는 우리는 하나님에 대한 믿음이 좋은 사람이라 할지라도 때로는 돈에 대한 집착을 버리지 못하는 경우가 있다.

부자에 관한 성경구절을 예로 들어 보자. "내가 진실로 너희에게 이르노니 부자는 천국에 들어가기가 어려우니라 다시 너희에게 말하노니 낙타가 바늘귀로 들어가는 것이 부자가 하나님의 나라에 들어가는 것보다 쉬우니라(마태복음 19 : 23~24)" "너희가 하나님과 재물을 겸하여 섬길 수 없느니라(누가복음 16 : 13)". 예수님은 부자, 즉 물질에 너무 집착한 나머지 하나님의 뜻을 저버리는 자가 천국에 들어가기 어렵다는 것을 여러 번 강조하셨다.

그렇다고 하나님이 우리 인간에게 부자가 되지 말라고 강조하시는 것은 결코 아니다. 다만 부자의 마음, 그 중심이 어디에 있느냐가 중요하다고 하시는 것이다. 그것은 '나눔'이 될 수 있다. 우리가 소유한 부를 불우한 이웃에게 나누어 주라는 것이다.

마태복음 19장에 부자청년의 이야기가 나온다. 모든 계명을 다 지켰다고 하는 부자청년이 예수님께 와서 "이 모든 것을 내가 지키었사오니 아직도 무엇이 부족하니이까(마태복음 19 : 20)"라고 질문하자, 예수님은 "네 소유를 팔아 가난한 자들을 주라 그리하면 하늘에서 보화가 네게 있으리라 그리고 와서 나를 좇으라(마태복음 19 : 21)"라고 하셨다. 그러나 "그 청년은 재물이 많으므로 이 말씀을 듣고 근심하며 가니라(마태복음 19 : 22)"라고 기록되어 있다.

'경주 최 부자'에 대한 이야기를 알고 있을 것이다. 부자들은 대개 나누는 일에 인색하지만 경주 최 부자 가문은 그렇지 않았다. 부자이면서도 철저하게 근검절약을 실천했고, 투철한 사회봉사 정신으로 나라와 이웃을 위해 자신의 재산을 아낌없이 썼던 500년 역사의 경주 최 부잣집. 그 집안의 가훈 중에 '사방 백 리 안에 굶어 죽는 사람이 없게 하라'는 대목은 우리로 하여금 큰 교훈을 준다.

앞에서 말한 것처럼 나는 경제적으로 매우 어려웠던 성장기를 보냈다. 그리고 결혼한 후에도 상당기간 어렵게 살았다. 지금은 과거에 비해 경제적으로 어느 정도 여유롭게 사는 것은 사실이다. 그러나 돌이켜 보면 가정에서의 행복이란 물질에 있지 않다는 것을 솔직히 느낀다. 결혼 초에는 돈이 부족하여 다소 불편한 점은 있었지만 그런대로 우리는 행복하게 살았다. 그것은 순수한 행복이었고 사랑이었다. 경제적으로 다소 여유로워진 지금을 과거와 비교해 볼 때 행복지수가 더 높아지지 못했다는 뜻이다.

결혼할 때까지만 해도 나는 워낙 어렵게 살아왔기 때문에 나눔이란 것에 대해 굉장히 인색하였다. 그러나 결혼 후 부족한 가운데서도 아내가 나눔에 대해 익숙해 있는 것을 보고 조금은 부끄럽기도 하였다. 다른 한편으로는 아내의 그런 삶의 태도가 대견스러웠다. 세월이 지나면서 나도 나눈다는 것이 얼마나 은혜스러운 일인지 깨닫게 되었다. 지금은 그것에 대해 열린 마음을 가지게 되었으니 얼마나 다행스러운 일인가?

아내는 고등학교 시절, 신문 광고에서 어느 어려운 가정 이야기를 보고 꼭 도와주어야겠다는 생각이 들어 자신의 저금통장을 송두리째 털어 익명으로 그 어려운 가정에 기부했다고 한다. 아내는 이미 하나님의 사랑을 실천하며 살아온 것이다.

가진 것이 적어도 만족할 줄을 알아야 한다. 이것이 바로 자족(自足)이며 행복해질 수 있는 마음가짐이다. 바울은 "어떠한 형편에든지 내가 자족하기를 배웠다(빌립보서 4 : 11)"라고 했다. 인간의 타락은 어쩌면 만족할 줄 모르는 욕심 때문이라고 해도 과언이 아니다. 모든 것이 풍족한 에덴동산에서 살던 최초의 인간 아담과 하와는 단 하나 금지된 열매(선악과)를 사탄의 꼬임에 빠져 탐했다가 모든 것을 잃지 않았던가?

우리 한국사람들은 물질에 대한 애착이 유난히 많은 것 같다. 한 외국인이 한국사람들은 서로 '사다리 타기'한다고 하는 말을 들은 적이 있다. 예를 들어 이웃이 큰 아파트를 구입하면 자신도 그렇게 하거나 그보다 더 큰 아파트로 이사해야 한다는 것이다. 결국 상대적 빈곤을 느껴 지나친 경쟁의식과 욕심을 지닌다는 것으로 해석된다.

불만족의 심리학이라 할 수 있는 존 네이시의 『이너프 Enough』란 책에는 '모든 것이 넘쳐나는 오버홀릭(overholic) 세상'에 살면서도 만족할 줄 모르는 현대인들에게 그 위험성을 경고하는 내용이 있다. 저자는 아무리 많이 가져도 만족할 줄 모르는 문화를 창조해낸 인류에게 이제는 만족의 철학이 필요하다고 강조한다.

세상적인 것에 너무 집착하면 하나님의 사랑을 체험할 수 없다. 이용규의 『내려놓음』이란 책을 보면 "당신이 내려놓으면 하나님이

움직이신다”고 했다. 삶은 하나님께서 주신 선물이고 은혜이건만
우리는 끊임없이 내 것을 주장하곤 한다. 하나님은 내 생각, 내 욕심,
내 소유 등 모든 것을 “내려놓으라”고 말씀하신다. 결국 ‘내려놓음’
이란 나를 비우고 하나님의 것으로 채우는 삶의 결단이다.

내려놓으라는 것에는 우리의 삶 속에서 본질적인 것과 비본질적
인 것을 구분하라는 의미도 있다. 책 중에서 감명받은 것은 ‘잃어버
린 소’에 관한 이야기이다. 어느 날 한 여인이 송아지를 잃어버렸다.
교회에 갈 시간까지 송아지를 찾지 못한 그녀는 송아지 찾기를 중단
하고 교회로 갔다. 예배가 끝나고 보니 그 송아지가 교회에 와 있더
라는 것이다.

한편 성공의 기준설정은 이 세상에 태어나서 무엇이 되느냐 하는
것보다 무엇을 하느냐가 더욱 중요하다고 할 수 있다. 마틴 루터 킹
2세는 어떤 사람의 성공 여부를 평가하고자 한다면 “그가 번 돈이
나 타고 다니는 자동차를 볼 것이 아니라 그가 인류에 어떤 공헌을
했는지, 인류와 어떤 관계를 맺고 있는지 보아야 한다”고 했다. 이
것은 “자기가 태어나기 전보다 세상을 조금이라도 살기 좋은 곳으
로 만들어 놓고 떠나는 것”이라고 한 랄프 왈도 에머슨의 생각과도
맥을 같이 한다.

이러한 생각들은 김대중 전 대통령이 “인생은 얼마만큼 오래 살
았느냐가 문제가 아니다. 얼마만큼 의미 있고 가치 있게 살았느냐가
문제다”라고 한 말과 영국의 시인이며 소설가인 로버트 스티븐슨이

“자주 웃고 많은 사랑을 베푼 사람이 성공한 사람이다. 많은 사람들의 존경, 특히 자녀들의 존경과 사랑을 받은 사람이 성공한 사람이다. 자신에게 맡겨진 일을 다 마친 사람이 성공한 사람이다”라고 한 말과도 유사한 것이다.

누구든지 이 세상을 마감할 때 성공에 대한 평가를 받게 되고 하나님의 심판대에 서게 될 것이다. 또한 모든 것을 인간 기준이 아닌 하나님 기준으로 보아야 한다. 그래서 우리 각자는 스스로 하나님께 자기 삶에 대한 판단을 해야 할 것이다.

나는 우여곡절 끝에 교수가 되었고 장로가 되었지만, 마음 한구석에는 늘 두려운 생각이 있다. 앞에서 말한대로 성공적인 삶을 영위하기 위해서는 주어진 직책이나 직분을 떠나서 내가 하는 일이 남들에게 도움이 되고 하나님께 반드시 영광이 되어야 한다고 생각한다. 또한 랄프 왈도 에머슨의 말처럼 내가 한때 이곳에 살았음으로 해서 단 한 사람이라도 행복해질 수 있어야 한다는 생각이 나를 지배하고 있다.

자신을 돌아보기

- 성공이 무엇이라고 생각하는가?
- 성공하기 위해서는 어떻게 해야 하는가?
- 나누며 살아가는 삶의 향기를 체험한 일이 있는가?
- 앞으로 남을 위해 할 수 있는 자신의 계획을 세워보자.

끝이 좋은 성공이 진정한 성공이다

삶이란 어떻게 시작하느냐가 아니라
어떻게 마치느냐의 문제다

— 스티브 파라

한 사람이 세상에 태어나 성공하기까지는 많은 시련과 역경을 겪는 것이 보통이다. 성공했다 하더라도 그것을 잘 지키는 일은 더욱 어렵다. 권투 선수가 챔피언이 되는 것도 어렵지만 챔피언이 된 후 도전자들을 물리치는 일은 더 어렵다고 하는 것과 마찬가지다.

성공을 지키지 못하는 요인에는 여러 가지가 있을 수 있다. 그중에서 가장 흔히 볼 수 있는 것은 교만이다. 우리 인간은 교만해지기 쉽다. 러벅은 "성공하더라도 결코 자랑하지 말라. 자랑은 멸망의 앞잡이며 교만한 정신은 몰락의 앞잡이"라고 하였다.

성경에서도 "교만은 패망의 선봉이요 거만한 마음은 넘어짐의 앞잡이(잠언 16 : 18)"라고 하였다.

루시퍼라는 천사가 있었다. 그는 하나님께서 지으신 가장 아름다운 천사였으나 어느덧 교만한 마음으로 자기 위치에서 벗어나 하나님의 주권에 도전하다 결국 쫓겨나 사탄이 되고 말았다는 이야기이다. 소위 주제파악을 못한 교만의 극치라고 볼 수 있다.

부자들이 망하는 경우를 흔히 본다. 사업을 잘 못해 망하는 경우도 있지만 교만으로 인해 망하는 경우가 더 많다. 영원한 부자로 남기가 쉽지 않은 것이다. 좀 오래된 것이긴 하나 '마이더스(Midus) 모임' 이야기를 해보고 싶다. 1923년 시카고 에드워드 비취 호텔에 7명의 미국 부자들이 모였는데, 그들의 재산은 당시 미국 연방정부의 1년 예산보다 더 많았다고 한다. 마이더스 모임이란 무엇이든지 손만 대면 금으로 바뀌었다는 전설의 왕, 마이더스의 이름을 딴 것이다. 25년이 지난 후 그들이 어떻게 되었는지 조사된 자료가 있었다. 미국의 제일 큰 철강회사 사장이었던 찰스 샤브와, 농산물과 곡물 수집상을 해서 거부가 된 아더 퀴터는 거지가 되어 죽었다. 뉴욕 은행의 총재였던 리차드 위트니는 중한 죄를 짓고 감옥에서 복역하고 있었다. 미국 재무부 장관까지 지냈던 엘버트 홀은 사기죄로 감옥에 들어갔다가 풀려 나와 몸이 쇠약해진 상태에서 죽음을 기다리고 있었다. 국제 은행 총재였던 네언 훼저와 월 스트리트에서 가장 큰 회사 사장이었던 제시 리버모우는 자살했다. 또 미국 부동산업의 대표적인 인물이었던 이반 쿠버는 자살 미수로 치료를 받고 있었는데 그를 돌보아 줄 사람이 아무도 없었다고 한다. 이렇듯 그들 모두의 말로는 비참하기 짝이 없었다.

우리의 삶을 성공적으로 완성해 가기 위해서는 여러 단계로 이루어진 삶의 과정을 잘 이끌어 가야 한다. 월드컵 축구경기를 생각해 보자. 월드컵에서 우승하기 위해서는 우선 본선에 나갈 수 있도록 지역예선을 통과해야 하며, 본선에서도 예선을 거친 후, 16강, 8강, 4강, 그리고 결승전을 갖게 된다. 월드컵에서 우승하려면 이런 관문을 다 통과해야 한다. 지역예선을 통과하지 못하면 본선에 갈 수 없고, 본선에서 일단 토너먼트 대열에 들어가 한 경기라도 지면 결승전에 나갈 수 없다.

앞에서 이야기한 것 같이 나는 몇 번의 직장을 거쳐 교수가 되었다. 교수에 뜻이 있었으니 전 직장에서는 일을 소홀히 했을 것이란 생각도 들겠지만 자신 있게 말해 그렇지 않았다. 일하던 직장마다 열심히 정성을 다했다. 직장을 옮길 때도 다음 직장 첫 출근 전날까지 일했으며, 그만두는 날에도 내가 하던 업무의 인계인수 등으로 야간근무를 하기도 했다.

평소에 투철한 책임감과 소신을 가지고 최선을 다해 일했기 때문에 나는 직장을 옮길 때마다 더 나은 곳으로 가게 되었다고 생각한다. 내가 일하는 분야에서는 이름만 대면 서로서로가 아는 사이이다. 그러니 한 직장에서 잘못하거나 능력을 인정받지 못하면 다른 직장에서 절대로 스카우트해가지 않는다.

우리의 삶 속에서 믿음은 중요하다. 나는 믿음은 적극적인 삶의 원동력이 된다고 생각한다. 솔직히 말해 나는 여러 직장을 거치는 그간에 그리 착실한 크리스천은 아니었다. 그러나 나의 중심에는 항상 하나님이 계신다고 생각했으며, 그것은 결국 내가 하는 일에 대한 책임감과 열정을 이어가는 원동력이었다고 믿는다. 설사 어떤 난관에 부딪치더라도 늘 하나님께서 해결해 주시리라 믿어왔다. 일을 하다 보면 내 뜻대로 되는 경우보다 그렇지 않은 경우가 더 많이 있기 때문에 그렇게 생각하는 것은 당연한 일이었다.

나는 믿음이 좋은 아내를 만나 교회를 지속적으로 다녔기 때문에 나름대로 하나님께 의지하는 마음이 컸다. 그래서 나는 지난날 하나님의 말씀과 능력을 믿고 열심히 일하였으며, 또한 일한 만큼 결과를 기대하며 살아왔다. 그러한 삶과 관련하여 내가 좋아하는 성경 말씀 두 구절이 있다. "내게 능력 주시는 자 안에서 내가 모든 것을 할 수 있느니라(빌립보서 4 : 13)" "사람이 무엇으로 심든지 그대로 거두리라(갈라디아서 6 : 7)".

교수가 되기 전에도 그랬지만 교수가 된 후에는 더욱 그러한 생각이 들었다. 나는 나이로 볼 때, 빨리 교수가 된 동료들보다 10년 가까이나 늦게 교수가 되었다. 내 자랑이나 교만이 아니길 바라면서 교수가 된 후의 나의 업적을 살펴보면, 지난 10여 년간 국내외 학회지와 학술대회에서 발표한 논문이 2009년 말 기준으로 200편이 넘는다. 우리 분야에서 30년 이상을 근무하고 정년 퇴직하는 교수들 중에는 100편도 채 안 되는 논문을 발표하고 캠퍼스를 떠나는 경우가 허다하다는 것과 비교하면 나의 연구성과는 결코 과소평가할 수 없는 것이라고 본다.

열심히 일한 결과로 2003년 한국과학기술단체 총연합회로부터 우수논문상도 받았으며, 한국동물자원과학회로부터 2004년에 우수 논문 발표상, 그리고 2010년 초 전국에서 1명에게 주어지는 양돈부문 학술상도 받았다. 2007년에는 연구실적이 탁월하여 농수산식품부 장관 표창장도 받았다. 그리고 대학 내에서는 총장으로부터 개교 60주년 기념행사 시 학교발전에 기여한 공로로 감사패(2007), 교육부문 우수 교수상(2007) 및 연구부문 우수 교수상(2008)도 수상했다. 세계 유수의 인명사전인 미국의 마르퀴즈 후즈 후(2009), 그리고 영국의 IBC(2009)에도 등재되었다.

어쩌면 이 정도의 연구 성과는 서울 소재 유명 대학의 교수 입장에서는 그리 대단하지 않을 수도 있다. 그러나 지방대학에 근무하면서 이러한 연구활동을 하기란 결코 쉬운 일이 아니다. 지방대학에서는 연구 인프라가 뒤지고 연구비를 수주하기도 상대적으로 불리하기 때문이다. 더욱이 힘든 것은 함께 연구활동을 수행할 대학원생 문제이다. 지방대학에는 대학원생이 많지 않기 때문이다.

나는 강원대학교에서 교수생활을 시작할 때 나의 대학원 시절 지도교수님이신 한인규 박사님을 떠올렸다. 재직 시절 워커홀릭에 걸린 사람이라고 알려졌고 연구업적 면에서 다른 교수들에 비해 월등히 뛰어난 분이어서 나는 그분을 벤치마킹하고 닮아가기로 결심했다. 나의 지도교수님은 은퇴하신 후에도 정말로 열정적으로 일하시는 분이다. 1년 일하신 양을 계량하면 보통 사람들(그것도 일하는 사람들)이 적어도 5년 이상은 해야 할 정도의 많은 일을 하실 만큼 일의 양이나 속도에서 누구도 따라가기가 어렵다. 이러한 삶의 자세는 단순히 사제관계를 넘어 같은 분야에서 일하는 한 교수로서 진심으로 존경할 수밖에 없는 일이다.

그래서 나도 교수가 되었으니 은사님만큼은 못해도 대학 내에서 가장 열심히 일하는 교수 중의 한 명이 되겠다고 작정했다. 그렇게 해야 나를 교수로 채용해 준 대학에 뭔가 보답하게 될 것이기 때문이다. 아울러 나로 인해 우리 대학의 연구 지표가 향상되는 아름다운 결과를 가져올 수도 있다고 생각한 것이다.

지난 10여 년간 나름대로는 연구와 교육을 열심히 잘해가고 있는 편이다. 특히 연구 면에서 남다른 애착을 가지고 노력한 결과 앞에서 언급한 것과 같이 비교적 많은 논문을 발표할 수 있었다. 교수가 논문을 많이 쓴다는 것은 연구를 많이 함으로써 학문과 산업을 발전시키는 것이요, 또한 인재(석·박사)를 많이 양성한다는 의미가 되기도 한다. 함께 노력해준 나의 연구실 대학원생들에게 고마움을 전한다.

내가 좋아하는 하나님 말씀 중에 "이와 같이 나중 된 자로서 먼저 되고 먼저 된 자로서 나중 되리라(마태복음 20 : 16)"란 구절이 있다. 우리의 믿음에 있어서도 그러하지만, 하는 일에 있어서도 어떤 일을 먼저 시작했다고 많은 일을 하는 것은 아니다. 내가 교수생활을 늦게 시작하였으나 열심히 연구하여 먼저 부임한 교수들보다 연구나 석·박사 배출에서 많은 성과를 얻은 것은 내 보람이자 또 하나의 감사거리가 아닐 수 없다.

분명한 것은 이러한 나의 노력이 앞으로도 지속되어야 한다는 것이다. 지금까지 그러했듯이 그렇게 하는 것이 쉬운 일은 아니다. 그래서 걱정이 앞선다. 대학 내 교수 사회에서는 서로의 연구업적을 잘 알고 있다. 그리고 학생들, 특히 대학원생들 간에는 어떤 교수가 부지런히 연구하고 안 하는지 알기 때문에 그 또한 부담스럽다. 학생들에게 교수로서의 권위를 부여받으려면 이젠 열심히 하는 수밖에 없다. 타인으로부터 학문적 권위를 인정받지 못한 교수는 학자로서 결코 성공할 수 없지 아니한가?

한 시점의 성공은 끝이 아니라 또 다른 성공을 향한 출발점이다. 언젠가 '종착지 질환'이란 말을 들어본 적이 있다. 사람이 어떤 위치에 오르게 되면 마치 모든 것을 다 이룬 것인 양 착각하여 현실에 안주한다는 것이다. 안주한다는 것은 경쟁사회에서는 곧 뒤처진다는 것을 의미한다. 그리고 노력하지 않는 자는 속해 있는 조직에 누를 끼친다는 것도 알아야 한다.

교수가 되었으니 이젠 적당히 놀면서 시간이나 보내겠다고 생각하면 큰 잘못을 저지르는 것이 된다. 교수는 지속적으로 연구하여 뭔가 새로운 것을 창출해야 한다. 세계적인 피아니스트 루빈스타인은 "자기 세계를 인정받기 위해서는 피나는 연습을 해야 한다. 하루를 연습하지 않으면 내 자신이 알고, 이틀을 연습하지 않으면 친구가 알고, 사흘을 연습하지 않으면 관객이 안다"고 했다.

다른 한편으로 생각하면 성공은 끝이 좋아야 진정한 성공이다. 중간에 실패할 수도 있다. 우리가 잘 아는 월트 디즈니는 아이디어가 부족하다는 이유로 신문사에서 해고된 후 디즈니랜드를 세웠고, 토머스 에디슨은 지능이 모자라서 아무것도 배울 수 없는 아이라는 이유로 퇴학을 당했으나 노력하여 발명왕이 되었다. 어떤 경우에도 좌절은 금물이다. 나 역시 미국에서 박사학위를 중단하고 귀국했지만 그것을 완전히 포기했다면 오늘날 대학교수가 되지 못했을 것이다.

결국 삶이란 시작보다 마침이 중요하다. 우리의 믿음생활도 마찬가지다. 첫 마음을 잃지 말고 하나님 나라에 가는 그날까지 잘 지켜야 한다. 이를 두고 성경에 귀한 말씀이 있다. "너희가 이같이 어리석으니 성령으로 시작하였다가 이제는 육체로 마치겠느냐(갈라디아서 3 : 3)".

스티브 파라가 쓴 『삶의 마지막까지 쓰임 받는 하나님의 사람 *Finishing strong*』이란 책을 보면 1940년대 중반 유명했던 3명의 복음 전도사에 대한 이야기가 나온다. 그들은 빌리 그레함, 척 템플턴, 브론 클리포드이다. 오늘날 우리에게 익히 알려진 빌리 그레함 목사는 당시 다른 둘에 비해 덜 알려졌다고 한다. 다른 둘의 설교가 워낙 탁월했기 때문이었다. 그러나 템플턴과 클리포드는 얼마 후 믿음을 저버렸으며 오직 그레함만이 목회자로 끝까지 쓰임 받은 것이다.

나 역시 내가 과연 맡은 일이나 믿음을 마지막까지 충실히 이어갈 수 있을지에 대한 두려움을 항상 지니고 있다. 그렇게 되려면 하나님과 지속적인 영적소통이 필요하다는 것을 잘 알고 있다. 이것이야말로 우리의 중심을 지킬 수 있는 최선의 방법이 아니겠는가? 이 세상의 삶을 마치고 하나님 나라로 갈 때의 모습은 성경 속 사도 바울의 표현처럼 분명히 아름다워야 한다. "내가 선한 싸움을 싸우고 나의 달려갈 길을 마치고 믿음을 지켰으니 이제 후로는 나를 위하여 의의 면류관이 예비되었으므로 주 곧 의로우신 재판장이 그날에 내게 주실 것이니 내게만 아니라 주의 나타나심을 사모하는 모든 자에게니라(디모데후서 4 : 7~8)".

마지막으로 오츠 슈이치가 쓴 『죽을 때 후회하는 스물다섯 가지』란 책에서 내가 생각하기에 크게 공감이 가는 것 열 가지를 여기에 제시해 보고자 한다. 그는 말기환자의 고통을 덜어주는 호스피스 전문의이며 1천여 명의 죽음을 지켜보며 이 책을 집필했다고 하는데 이것은 결국 살아 있는 우리가 챙겨야 할 부분이기도 하다.

● 사랑하는 사람에게 고맙다는 말을 많이 했더라면

● 진짜 하고 싶은 일을 했더라면

● 조금만 더 겸손했더라면

● 나쁜 짓을 하지 않았더라면

● 꿈을 꾸고 그 꿈을 이루려고 노력했더라면

- 죽도록 일만 하지 않았더라면
- 삶과 죽음의 의미를 진지하게 생각했더라면
- 좀더 일찍 담배를 끊었더라면
- 신의 가르침을 알았더라면
- 내 장례식을 생각했더라면

자신을 돌아보기

- 나는 지금 하는 일을 열심히 하고 있는가?
- 나는 종착지 질환에 걸리지 않았는가?
- 나는 교만한 사람은 아닌가?
- 삶의 마지막을 아름답게 끝낼 수 있다고 생각하는가?

빛진 자, 나의 성공으로
또 다른 자의 성공을 돕는다

나는 빚진 자이다. 다시 말해서 나는 교수가 되기까지 부모님, 아내, 은사님들을 위시해 많은 사람들과 사회에 여러 가지 형태로 사랑의 빚을 졌다. 교수가 된 후에도 마찬가지다. 그래서 나는 지난날 나를 도와준 고마운 분들, 그리고 사회의 따뜻한 손길을 한시도 잊어본 적이 없다. 내가 이 책을 집필한 이유 중에는 나를 도와준 분들에게 고마운 마음을 전함과 동시에 앞으로 그 빚을 갚으며 살아야 되겠다는 의지도 포함되어 있다.

우선 가족에게 많은 빚을 졌음을 고백하지 않을 수 없다. 가족이니까 당연한 일이라고 생각하기는 미안할 정도이다. 우리 가족들은 부모님을 비롯해 형제들까지 모두 나를 위해 너무나 희생적이었다.

아버지도 생전에 우리 가족을 위해 고생하시면서 일하셨지만 나에 대한 어머니의 따뜻한 사랑과 정신적 후원은 말할 수 없다. 농고를 졸업하고 집에서 농사일을 할 때 서울로 갈 수 있도록 허락해주신 분은 바로 어머니였기 때문이다.

만약 그때 공부하기 위해 서울로 떠나지 못했더라면 아마 가출했을지도 모른다. 그랬다면 나는 대학이 아닌 다른 길로 접어들었을지도 모른다. 일본에서 MK 신화를 일으킨 유봉식 사장이 쓴 『나는 기적을 믿지 않는다』라는 책을 보면 다음과 같은 내용이 실려 있다. "봉식 아버지, 가난한 사람에게는 자식이 재산이라고 합디다. 하지만 자식이 재산이 되게 하기 위해서는 그만큼의 투자를 해야지요. 물질적으로 투자를 할 수 없는 형편이라면 기회라도 잡게 놓아주는 것이 부모 된 도리 아니겠어요." 이 말은 그분이 열다섯 살 때 일본으로 건너가기 전 일본행을 반대하시던 아버지를 어머니께서 설득하신 말씀이었다고 한다.

가정에서 어머니의 영향력은 참으로 크다. 유명한 분들 뒤에는 항상 위대한 어머니가 버티고 계셨다는 것을 우리는 익히 알고 있다. 아들의 장래를 위해 여러 곳을 이사했던 맹자의 어머니, 가난하지만 우직하고 강하게 키웠던 이명박 대통령의 어머니, 늘 아들을 위해 기도하고 죽기 전에 아들에게 십계명을 전해준 록펠러의 어머니 등등 무수히 많다. 참고로 록펠러 어머니의 십계명을 보자.

● 하나님을 친아버지로 섬겨라.

● 목사님을 하나님 다음으로 섬겨라.

● 오른쪽 주머니에는 항상 십일조를 준비해라.

● 누구도 원수를 만들지 말아라.

● 예배 드릴 때에는 항상 맨 앞자리에 앉아라.

● 항상 아침에는 그날의 목표를 세우고 하나님 앞에 기도를 드려라.

● 잠들기 전에는 반드시 하루를 반성하고 기도해라.

● 남을 도울 수 있으면 힘껏 도와라.

● 주일 예배는 꼭 본 교회에 가서 드려라.

● 아침에는 가장 먼저 하나님의 말씀을 읽어라.

— 출처 : 『십일조의 비밀을 안 최고의 부자 록펠러』

　　내가 록펠러의 예를 드는 것은 그가 아프기 전에는 믿음생활이 부실했다는 점을 강조하기 위함이다. 그는 52세 때 근무력증, 탈모증, 불면증 등으로 인해 먹지도, 자지도 못하고 죽을 신세가 되었지만 뒤늦게 어머니가 물려준 믿음을 회복함으로써 건강도 완전히 회복했다고 한다. 그는 그후 무려 98세까지 장수했다.

　　우리 어머니는 교회에 나가지 않으셨으니 기도는 못 했어도 내가 하는 일이 잘 되도록 가끔 절에 가시기도 했고, 장독대에 정화수 떠놓고 빌기도 하셨다. 경제적으로 넉넉지 못한데도 불구하고 아내가 우리 자녀들을 음악가로 키우기 위해 헌신적으로 뒷바라지하는 것을 보고 가정에서의 어머니 역할은 너무나 중요하다는 것을 새삼 느꼈다.

일찍 돌아가셨지만 아버지에게도 고마운 마음을 전하지 않을 수 없다. 1925년생이시니까 경제적으로나 사회적으로 참으로 어려운 시기에 태어나 제대로 교육도 못 받으시고 농촌에서 평생 힘든 농사일만 하시다 돌아가셨다. 돌아가시기 전에 건강문제로 힘들어 하실 때 조금 있으면 제가 돈을 벌어올 테니 제대로 고쳐보자고 말씀드렸던 기억이 난다.

그러나 대학원 공부를 하는 동안 아버지는 돌아가셨다. 그때 나의 상심은 너무나 컸다. 내가 대학이나 대학원에 가지 않고 집안일을 보살폈으면 집안형편도 빨리 좋아졌을 것이고, 아버지도 분명히 더 오래 사셨을 텐데 모두가 내 잘못인 것 같았다. 후회해도 소용없는 지나간 일이지만 30여 년이나 지난 지금도 이것을 두고 나는 줄곧 아쉬워하고 있다.

또한 내가 박사학위를 받은 것이나 대학교수가 된 것은 모두 결혼 후의 일이니까 아내의 사랑과 내조가 크게 작용하였으리라 믿고 감사한다. 대학원에서 석사학위를 받은 후 직장생활 3년차 되던 해, 아무것도 가진 것이 없는 상태에서 결혼하여 여기까지 왔으니 감사하지 않을 수 없다.

늦게 낳은 셋째 현진이는 크게 어려움이 없었지만 바이올린을 전공하는 첫째 미지와 성악을 하는 둘째 희승이를 키울 때는 경제적으로 넉넉지 못해 온갖 고생을 다했고, 여러 직장을 옮기면서 이사하느라 고생이 많았다. 서울에서 신혼생활을 시작하여 직장과 학교를 따라 수원, 부천, 미국, 김해, 춘천으로 옮겨 다녔으며 같은 지역에서도 이사한 경우가 있었으니 지금까지 이사한 횟수는 모두 열 번이 넘는다.

나는 오직 성공해야 한다는 일념으로 가정생활에는 충실하지 못했다. 자녀들에게도 큰 추억을 만들어주지 못 했다. 열악한 여건에도 불구하고 잘 참으며 나를 위해 기도해 주고 자녀들을 잘 키워준 아내가, 표현은 잘 못해도 너무나 대견스럽고 고맙다.

결혼 후 경제적으로 넉넉하지 못했던 시기에는 장인께서 나 몰래 도와주시는 등 처가의 도움도 컸다. 아내가 시집올 때 가져온 피아노, 심지어 우리의 결혼반지까지 팔아서 생활비로 썼던 시절도 있었다. 그 일만 생각하면 지금도 가슴이 아프다. 내 월급이 적은 탓도 있었지만 우리 본가를 지원하다 보니 어쩔 수 없는 일이기도 했다.

짧은 기간이었지만 미국유학 생활 중 손위 동서 내외의 물질적, 정신적 도움은 평생을 두고 갚아도 다 갚지 못할 것이다. 그들은 나를 친동생 이상으로 생각하고 적극 도와주셨다. 결혼 전 나의 박사과정 공부를 위해 후원자를 보내달라고 기도한 적이 있었는데 지나놓고 보니 하나님이 나의 기도를 들어주신 셈이다. 나는 처형이 미국에 산다는 것을 결혼을 결심한 후에야 알았다. 지인의 중매로 아내와 결혼하게 되었는데 아내 될 사람의 삶의 가치관을 듣고 결혼을 결심했지, 처형이 미국에 산다는 것은 나의 결혼에 조금도 영향을 주지 못했다는 의미다.

만약 나의 출세에만 초점을 맞추고 결혼 상대자를 찾았다면 엄청난 부잣집에 장가들 수도 있었다. 하지만 나에게는 그런 일은 있을 수 없는 일이었다. 옛말에 '보릿쌀 서 말만 있어도 처가살이 안 한다'라고 했다. 시간이 걸리고 고생이 좀 되더라도 내 스스로 노력해서 일어나야 한다고 생각했다.

어쨌든 고마운 일이다. 특히 믿음이 좋은 그들 주변에 머물면서 신앙생활을 돈독하게 가꿀 수 있었던 것은 더욱 귀한 일이었다. 동서 내외와 가까이 지내면서 믿음은 참으로 중요하다는 것을 깨닫게 되었다. 이런저런 의미에서 다시 한 번 아내에게 특별히 감사한다. 내가 신앙생활을 할 수 있도록 지켜준 사람이 아내이기 때문이다.

아내는 어려서부터 교회를 다녔다고 한다. 나도 결혼 전부터 교회를 나가기는 했으나 사실상 건성이었다. 믿음이 좋은 아내와 결혼함으로써 세례도 받게 되었고 겨자씨 같은 믿음도 크게 성장하기 시작했다. 원래 믿지 않는 집안에서 태어났고, 대학시절 교회에 나가긴 했으나 제대 후 결혼하기까지의 기간에는 사실상 교회를 등지고 살았기 때문에 만약 믿지 않는 여자와 결혼했더라면 신앙생활이 지속되었을지는 장담할 수 없다. 결혼 후 새로운 마음으로 믿음생활을 함으로써 우리 자녀들도 자연히 교회에 나가게 되었다. 지나고 보니 나의 아내는 우리 집안에 전도사로 온 것이나 다름없다.

나의 믿음이 유지됨으로써 우리 집안의 믿음이 대를 이을 수 있게 되었다. 그래서 나는 우리 후손들에게 내가 학문을 하던 학자나 교수가 아니라 우리 가문 최초로 하나님을 영접한 믿음의 조상으로 기억되길 바라고 있다. "훗날 내가 이 세상에 없을 때 아들이 나를 전장에서의 훈장을 통해서가 아니라 집에서 주기도문을 함께 외던 아버지로 기억해 주었으면 한다"는 맥아더 장군의 소망처럼.

데이트나 결혼 시 상대방의 믿음을 확인하는 것은 중요하다고 한다. 박수웅이 쓴 『우리 사랑할까요?』란 책을 보면 저자는 믿음이 없는 상대와는 결혼하지 않는 것이 좋다고 했다.

믿지 않는 상대와 결혼하여 전도가 되면 다행이지만 전도되지 않았을 때 근본적으로 다른 사고방식에서 오는 문제들을 극복하기란 결코 쉽지 않다. 프로골프 최경주 선수의 간증을 들어보니 그는 지금의 아내와 데이트하기 전에는 교회를 다니지 않았다고 한다. 하지만 아내 될 사람의 요청에 의해 데이트를 하는 동안 교회에 나가게 되었고 그후로 점차 신앙이 자라게 되었으며 선수생활하는 동안 기도로 하나님께 모든 것을 맡겼다고 한다. 그리고 한국선수로는 최초로 PGA에서 성공한 선수가 된 것이다.

성경 속 솔로몬을 보라. 그가 누구인가? 믿음도 좋으려니와 지혜로운 자의 대명사로 불리는 사람이 아닌가! 그러나 열왕기상 11장을 보면 그는 불행하게도 하나님께 불순종한 여자들과 결혼하였으며, 그로 인해 다른 신들을 좇게 되었고, 결국 그의 왕국 이스라엘은 분열되고 파멸의 길로 접어들게 되었다.

내가 교수가 되기까지 나를 도와준 아름다운 분들이 많이 있다. 일일이 열거는 못하지만 고마운 분들이 많다. 학교에서 만난 은사님들 중에는 정말 부모형제 이상으로 고마운 분들도 계신다. 대학교 때 나를 지도해 주신 강원대학교 이영철 교수님, 대학원에서 나를 지도해 주신 서울대학교 한인규 교수님을 남달리 잊을 수 없다. 그분들은 나의 일을 마치 자신들의 일처럼 걱정해 주시면서 지도와 격려를 보내주셨다. 내가 서울대학교 대학원에 진학한 이후 두 분이 만나시면 나의 이야기를 줄곧 해오셨다고 한다. 그리고 내가 박사학위를 취득하자 이 교수님은 다른 교수님들과 상의하여 나를 모교에 교수로 불러주신 것이다. 한 교수님의 부탁도 여러 차례 있었고, 이 교수님은 그것을 수용해 주신 것이다. 얼마나 고마우신 분들인가?

내가 대학을 졸업하고 교수가 되어 모교에 돌아온 것은 무려 20여 년이 지난 후였다. 사실 나는 대학졸업 후 모교에 거의 들리지 않았다. 박사과정 공부하는 과정에서 간헐적으로 모교 교수님들께 인사를 드렸을 뿐이다. 모교에 교수로 와서 생각해 보니 모교나 은사 교수님들께 그동안 너무나 무심했던 것이다. 모교의 은사님은 나에 대해 지속적으로 관심을 가지고 계셨는데 나는 그렇지 못했으니 부끄러웠다.

여기서 나는 이런 생각이 든다. 나의 은사님들은 내가 교수가 될 수 있도록 지도하고 챙겨주셨다고 생각하니 너무나 감사하다. 물론 교수로 임용되기 전에는 교수로 채용하겠다고 절대 확실한 언질을 주지 않으셨다. 하물며 나의 창조주이신 하나님은 어떠할까 생각해 본다. 늘 그의 뜻에 따라가기를 바라며 나의 길을 인도하실 것으로 확신한다.

물질적으로 도와주신 분들도 계신다. 그분들에게도 나는 항상 감사하고 있다. 한 친구 어머니를 잊을 수 없다. 대학을 다니던 시절, 친구 집에서 하숙한 적이 있었는데 그 친구 어머니는 밥값을 드리면 절반은 돌려주곤 하시며 그 돈으로 책을 사보라고 하셨다. 자신의 아들인 나의 친구는 고등학교 졸업 후 대학을 못 가고 직장에 다녔지만 대학 다니는 나에게 그렇게 잘해 주셨다. 얼마나 고마우신 분인지 말할 수 없을 정도다. 나는 친구 어머니에게도 사랑의 빚을 진 셈이다.

교수가 되기 전 내가 근무했던 회사의 인직원들에게도 이 기회를 빌려 머리 숙여 감사드리고 싶다. 부족한 나를 직원으로 채용해 주고 많은 것을 배우고 익힐 수 있도록 배려해 주신 점은 평생 잊을 수 없다. 특히 내가 근무했던 축협에는 더욱 감사를 드린다. 비록 입사하기 전에 약속한 것이지만 박사학위 공부를 할 수 있도록 시간을 배려해 준 것은 지금 생각해도 참으로 고마운 일이 아닐 수 없다.

부끄럽긴 해도 사회에서 타인에게 받았던 도움에 대해서도 이야기하고 싶다. 학창시절 타지역에 갔다가 차비가 떨어졌다. 주머니에 차비 정도는 있을 줄 알았는데 그렇지 않았다. 돌아올 방법이 없었다. 저녁이라 송금도 되지 않는 시간이었다. 어찌할 바를 몰라 매우 당황했다. 하는 수 없이 파출소로 가서 학생 신분을 밝히며 사정을 이야기했지만 차비를 얻을 수는 없었다.

부끄러움을 무릅쓰고 용기를 내어 거리를 지나가는 사람들에게 사정 이야기를 했다. 차비 좀 보태달라고 그야말로 동냥을 한 셈이다. 몇 명에게 거절을 당했다. 너무나 창피하고 말할 수 없이 마음이 고달팠다. 그런 와중에 한 젊은 분에게 자초지종을 이야기했더니 여관비와 차비를 주셨다. 너무나 감사했다. 그분에게 돌아가서 빌린 돈을 보내주기 위해 계좌번호를 알려달라고 했으나 끝내 알려주지 않으며 "학생이 나중에 성공하면 다른 불우한 사람을 도와주라"는 말 한마디를 남기고 이내 떠나버렸다. 수십 년이 지난 일이지만 나는 지금도 그분에게 감사한 마음을 잊지 않고 있다.

나는 국가와 사회로부터도 많은 빚을 졌다. 대학과 대학원을 다니는 동안 상당한 액수의 장학금을 받았으니 이보다 더 큰 빚이 어디 있으랴! 그때 장학금을 받지 못했더라면 학위취득은 엄두도 내지 못했을 것이다. 그러기에 나는 국가로부터도 빚진 자이며 그 빚은 언젠가 반드시 갚아야 된다고 마음속으로 다짐하며 살아가고 있다.

우리는 한 번 꿈을 성취하고 나면 그 다음에는 무엇을 할 것인가를 생각해야 한다. 사업의 성공으로 부자가 되어 그저 호의호식하며 방탕한 생활을 한다거나, 세상을 호령할 수 있는 권력을 잡고 부정부패한 폭군이 되어 주위의 원성이나 산다면 무슨 의미가 있겠는가? 어떤 일에서 성공한 것은 자신의 노력도 있지만 주변의 보살핌도 컸다는 것을 알아야 한다.

"꿈의 성취를 통해서 다른 사람을 축복하라"는 말이 있다. 부자가 된 다음 사회를 위해 자신의 돈을 기부한 사례도 적지 않다.

현존하는 거부 중에 빌 게이츠 마이크로소프트 사 전 회장은 1996년 자선재단을 설립한 이후부터 은퇴하기까지 자기가 소유한 재산의 상당부분을 사회에 환원했다. 미국 전체 석유의 95%를 독점하면서 세계 최고의 부자가 된 록펠러는 한때 악덕기업가란 불명예를 얻기도 했지만 그가 가진 재산을 사회에 환원함으로써 오늘날에는 위대한 자선사업가로 칭송받고 있다. 록펠러의 어머니는 아들을 위해 "남을 도울 수 있으면 힘껏 도우라"고 유언을 남기기도 했다는 것이다. 그는 "내 재산은 인류의 복지를 위해 사용하라고 하나님께서 주신 것"이라고 말했다.

그는 미국 내에 24개 대학을 설립하고 4,928개의 교회를 세웠다고 한다. 세계 최대의 재단인 록펠러재단을 설립했고, 록펠러의학연구소, 록펠러센터 등에 자신의 전 재산을 쏟아부었다. 그는 그의 자서전에서 다음과 같이 회고했다. "인생 전반기 55년은 쫓기며 살았지만 후반기 43년은 행복하게 살았다". 사회를 위한 봉사와 헌신이 얼마나 아름다운 일인지 짐작하게 하는 대목이다.

우리나라에서도 좋은 사례를 찾아볼 수 있다. 유한양행을 설립한

독실한 기독교 신자인 유일한 박사는 자신의 재산에 대해 "자신의 소유가 아닌, 하나님이 맡기신 것"이라고 말했다. 그래서 1970년 유한재단을 설립하여 직업교육기관인 유한공업고등학교와 유한공업전문대학을 세웠고, 1971년 별세하기 전 손녀의 학자금 정도를 제외한 전 재산을 교육 사업에 기부한다는 유서를 남겼다.

성경에서도 "주는 자가 받는 자보다 복이 있다(사도행전 20 : 35)"라고 했다. 남을 돕는다는 것은 쉬운 일이 아니다. 남을 돕는 것은 자기희생이나 마찬가지다. 양초가 자신을 태우며 세상을 밝혀주듯이 자기희생을 하는 사람들이 있음으로 해서 세상은 더욱 아름다워지는 것이다.

그래서 에이어는 "성공의 평가는 다른 이를 도울 수 있는 능력에 달렸다"고 말했다. 성공하고 나면 반드시 남을 도와야 한다. 누구든지 성공하기까지는 다른 사람들의 도움이 있었기 때문이다. 사실상 성공한 사람은 스스로를 빚진 자로 보고 살아가면서 그 빚을 반드시 갚아야 한다.

나는 교수로 재직하면서 학교와 제자들에게 어떤 도움이 되어야 하는지에 대해 늘 고민하고 있다. 교수의 역할은 교육, 연구, 그리고 봉사로 압축된다. 그중에서 내가 가장 중요하게 생각하는 것은 교육이다. 단순히 강의라고 할 수 있지만 내가 강조하는 교육에는 학생들 지도(advice)가 포함된다. 무엇을 할지, 어떻게 할지 잘 모르는 학생들에게 동기를 부여하고, 진로를 제시하고, 그것을 성취할 수 있도록 지도해 주는 일은 내가 교수로서 해야 하는 가장 보람된 일이다.

한편 농담이긴 해도 교수와 거지간에는 몇 가지 공통점이 있다고 하는데 그중에 하나가 '도움받는 것'이라고 한다. 교수들은 업계나 돈 있는 주변 사람들을 만나면 우리 학교와 학생들을 위해 발전기금, 혹은 장학금을 기부하거나 취업을 시켜줄 수 없겠느냐고 늘 동냥(?)을 하기 때문이다.

성과도 적지 않다. 외부로부터 적지 않은 장학금도 얻어왔다. 대학에 부임한 후 후배동문들을 설득하여 '그린 장학회'를 만들고 제자들에게 장학금을 주기 시작했다. 처음에는 한 학생에게 주었으나 지금은 3명에게 전액 장학금을 주게 되었다. 얼마나 기쁘고 보람된 일인가?

더 다행스러운 일은 우리 대학의 숙원이라고 할 수 있는 실험실습을 위한 건물을 하나 기증받은 것이다. 대학후배인 (주)보령메디의 신흥주 사장의 중재로 보령그룹의 김승호 회장님께 이런 시설의 필요성을 말씀드렸더니 흔쾌히 선처해 주신 것이다. 지금은 교수와 대학원생들의 연구를 위해 유용하게 활용하고 있다. 정말로 고마운 분이시다. 실험연구동 준공식 때 내가 당시 학장으로서 감사의 말씀을 드렸던 내용을 여기에 소개하기로 한다.

바쁘신데도 불구하고 이 자리에 참석해 주신 총장님, 교무위원님들, 그리고 많은 교직원님들, 진심으로 감사드립니다. 잘 아시는 바와 같이 이 자리는 보령그룹 김승호 회장님께서 우리 대학에 연구에 도움이 되라고 손수 건물을 지어 기증하시기 위해 지난 1여 년 수고하시다가 드디어 오늘 준공식을 하게 된 뜻깊은 자리입니다.

바쁜 일정을 뒤로 하시고 오늘 귀한 발걸음을 해주신 회장님께 진심으로 감사를 드립니다. 회장님은 어렵게 지금의 보령그룹을 키워 오셨지만 그 와중에서도 지난날 사회를 위해 많은 공헌을 하셨으며, 오늘 기증하시는 이 건물, 중보보령관(중보는 김승호 회장의 회)은 빙산의 일각에 불과하다는 것도 잘 알고 있습니다.

어렸을 때 기억 하나를 떠올려 봅니다. 어머니가 어느 명절날 새 신을 한 켤레 사주셨는데 너무나 좋아서 잘 때도 안고 잤으며 자는 중에도 그 새 신이 있는지를 확인하기 위해 깨기도 했던 일이 있었습니다. 마찬가지로 이 건물이 지어지는 동안 저는 건물 주위를 수없이 둘러보며 너무나 기뻐 몸둘 바를 몰라했습니다.

여기 계시는 여러분들도 잘 아시겠지만 연구를 열심히 하지 않는 교수들이 제법 있다고 지탄을 받는 경우가 있습니다. 그러나 연구를 하고 싶어도 여건이 되지 못해 하지 못하는 경우도 있다는 것을 되새겨 보아야 합니다. 저 역시 대학에 교수로 부임한 지 10여 년이 되었지만 이와 같은 시설이 없어 연구를 수행해 오는 동안 엄청나게 많은 불편을 겪어야 했습니다.

우리나라 대학 재정은 매우 열악합니다. 그러니 대학이 교수들의 연구에 필요한 여건을 완벽하게 갖추어주기는 어렵습니다. 스스로 노력해야 함은 물론이고, 도움의 손길을 요청하는 것도 필요하다고 생각합니다. 그런 의미에서 오늘 이런 기회를 갖게 되는 우리 교수로서는 회장님께 깊이 감사함은 물론, 열심히 연구하여 이 사회와 인류를 위해 기여하는 것만이 회장님의 은공에 보답하는 길이라고 생각합니다.

회장님께 다시 한 번 감사드리며, 아울러 연구활동을 열심히 하여 회장님의 기대에 어긋나지 않도록 최선을 다할 것을 다짐해봅니다. 감사합니다.

성경에 보면 오른손이 하는 일을 왼손이 모르게 하라고 했지만 나는 경제적으로 딱한 학생들에게 등록금도 일부 보조해 주고 있다는 사실은 밝히고 싶다. 왜냐하면 내가 학창시절 받은 장학금을 하루속히 후학들에게 돌려주어야 한다는 강박관념에서 여유 없는 주머니를 털어 그들의 등록금을 지원해 주고 있기 때문이다. 강원대학교는 국립대학이라 가난한 가정의 학생들이 많은 편이다. 나는 교수가 된 이래 매년 3~5명의 학생들에게 등록금을 지원해 오고 있다. 내 자녀에게는 은행에서 등록금을 대출하여 주었지만(교원자녀는 무이자 대출 제도가 있다) 가정이 어려우면서 공부하고 싶어하는 제자들에게는 등록금을 보태준다. 물론 아무 조건 없이 도와준다. 나의 불우했던 학창시절을 떠올리며 말이다. 아버지가 돌아가신 후 우리 가정의 경제적 사정이 더욱 열악해진 연유로 어려운 가정형편에 아버지마저 돌아가셨다는 소리를 들으면 꼭 도와주고 싶은 충동을 느끼곤 한다.

경제적으로 꼭 도와주어야 할 학생이 있다면 앞으로도 계속 그렇게 할 것이다. 빠른 시일 내에 내 재산으로 장학재단을 만들어 가난한 학생들을 돕고 싶다. 지금은 년 3~5명 정도를 도와주고 있지만 앞으로 열 배 이상의 학생들에게 학자금을 지원할 수 있도록 기도하고 있다. 대학원 시절 지도교수님께서 은퇴하시기 무섭게 순수 자신의 돈으로 '목운문화재단'을 설립하여 국내외 어려운 학생들에게 장학금을 보태주시고 국내외의 학술활동, 시상사업 및 저술활동 등 목적사업을 추진하고 계시는 것을 보면 나도 느끼는 바가 크다.

내가 교수까지 될 수 있었던 데에는 주변의 많은 분들의 도움이 있었지만 가장 큰 도움은 하나님으로부터 받은 것이다. 어려운 여건에도 불구하고 박사학위를 취득하는 등 교수가 되기까지 여건을 조성해주셨기 때문이다. 사도 바울의 고백처럼 이것은 전적으로 하나님의 은혜다. "그러나 내가 나 된 것은 하나님의 은혜로 된 것이니 내게 주신 그의 은혜가 헛되지 아니하여 내가 모든 사도보다 더 많이 수고하였으나 내가 한 것이 아니요 오직 나와 함께 하신 하나님의 은혜로라(고린도전서 15 : 10)". 이 말씀이 오늘날 나의 고백이 되고 있다.

페터 아쇼프의 『하나님과 함께하는 직장생활 *Mit Gott im Job*』이란 책을 보면 "성공은 단순히 만들어낼 수 있는 것이 아니다"라고 했다. 우리가 하는 일의 성공은 결코 내 마음대로 할 수 있는 것이 아니며 대부분 다른 사람들에게 그리고 항상 하나님께 의존되어 있다는 것이다. 성경에서도 "나는 심었고 아볼로는 물을 주었으되 오직 하나님은 자라나게 하셨나니(고린도전서 3 : 6)"라고 했다.

내가 자라던 때와는 달리 요즘은 쌀이 남아 귀한 대접을 못 받고 있다. 우리 밥상에 올라오는 한 알의 쌀은 힘들게 일하는 농부의 손길과 자라게 하는 하나님의 배려가 있기 때문에 얻을 수 있는 것이다. 사람의 노력도 중요하지만 물, 햇빛 등 기후조건을 관장하시는 하나님의 손길은 더욱 중요하다.

돌이켜 보면 지나온 나의 삶은 하나님과 주변 사람들의 사랑의 빚으로 가득하다. 앞으로 나의 삶은 그것을 갚는 일에 최선을 다해야 한다고 생각한다. 『버리고 갈 것만 남아서 참 홀가분하다』란 박경리 유고시집에 「천성」이란 시가 있다. 거기에 "빚진 것도 빚 받은 것도 없어 홀가분하다"란 구절이 있다. 또한 예수님은 이 세상을 떠나실 때 "다 이루었다"고 말씀하셨다.

내가 이 세상을 마무리할 때 반드시 그런 고백이 나오길 진심으로 기도하고 있다. 거듭 말하지만 지난날 내가 진 빚은 살아가면서 반드시 갚아야 하며, 그 이상으로 세상에 되돌려주어야 한다고 생각한다. 나를 이 세상에 보내신 하나님의 목적이 무엇인지를 제대로 깨닫고 그것을 이루기를 진심으로 소원해 본다. 하나님이 지혜를 주실 것으로 믿는다.

- 나를 도와준 사람들을 열거해 보자.
- 나는 그들에게 어떤 도움을 받았는가?
- 나는 다른 사람을 돕고 있는가?
- 주는 것과 받는 것에서 오는 기쁨의 차이를 들어보자.

직장에서의 성공

04

직장에서의 성공

학교를 졸업한 후 어떤 직장을 택할 것인지는 매우 중요하다. 첫 직장이 마음에 들지 않더라도 자신이 노력하면 얼마든지 좋은 직장으로 옮겨갈 수 있다. 그리고 이 세상에 내 마음에 드는 직장은 거의 없다고 생각하는 것이 옳다. 지금의 직장을 마음에 드는 직장이 되도록 스스로 적응해가야 한다. 또한 직장생활에서 중요한 것은 가정생활과 균형을 맞추는 것이다. 사회에서 성공해도 가정에서 실패하면 보상받을 길이 없다는 사실을 인식해야 한다.

어떤 직장을 택할 것인가?

이 세상에 비천한 직업이란 없다.
다만 비천한 사람이 있을 뿐이다.

— 에이브러햄 링컨

누구나 학교를 졸업하면 일터를 찾아 나선다. 소수이긴 하지만 경제적으로 여유가 있는 일부 사람들 중에는 직장을 구하지 않고 그냥 놀기도 한다. 그들은 학생도 아니고 직장인도 아니다. 그렇다고 직업훈련을 받거나 구직활동을 하는 것도 아니다. 이런 사람들을 니트(NEET : Not in Education, Employment or Training) 족이라 부른다.

경제적으로 궁함이 없더라도 사람은 누구나 일터가 있어야 하며 부지런히 일해야 한다. 성경에도 보면 하나님은 최초의 인간 아담에게 "너는 종신토록 수고하여야 소산을 먹으리라(창세기 3 : 17)."라고 하셨다.

일하려면 직장을 구해야 한다. 그렇다면 어떤 직장이 자신에게 좋은 직장일까? 이것은 대답하기 대단히 곤란한 질문이다. 직장이란 사람에 따라 추구하는 방향과 종류가 다를 수 있기 때문이다. 즉 직업의식이나 삶의 가치기준이 서로 다르다는 것이다.

학교를 졸업하고 첫 직장을 구할 때는 두려움과 불안함이 앞서지만 어떻든 마음이 설레기 마련이다. 대학까지 졸업한 경우에는 긴 세월 동안 학교생활을 하다 드디어 세상으로 나가게 되니 얼마나 기쁜 일인지 모른다. 지금까지 공부한 것을 바탕으로 일할 수 있다는 생각, 나아가 이젠 일해서 나에게 필요한 돈을 스스로 마련할 수 있다는 기대감 등 여러 가지 면에서 이보다 신나는 일은 없을 것이다.

그러면 먼저 훌륭한 일터(GWP : Great Work Place)란 것에 대해 알아보자. GWP 개념은 노동전문기자 출신인 로버트 레버링이 고안해냈는데, 그가 말하는 GWP는 '구성원이 상사와 경영진을 신뢰하고, 자기 일에 자부심을 느끼며, 함께 일하는 종업원들 간에는 일하는 재미를 느낄 수 있는 곳'이라고 했다. 그중에서 가장 중요시하는 것은 상호신뢰이다.

얼마 전 취업사이트 파워잡(www.powerjob.co.kr)이 직장인 465명을 대상으로 훌륭한 일터라고 여기는 조건은 무엇인가에 관하여 설문조사를 실시한 적이 있었는데 '꿈과 비전을 심어주는 회사'라는 것이 전체 응답자의 27.9%를 차지하며 가장 높은 비율을 기록했다고 한다.

직장을 선택할 때 고려해야 할 사항들을 내 경험으로 간단히 정리해 보고자 한다. 앞에서도 언급한 바와 같이 나는 교수가 되기까지 국내의 중소기업, 미국계 다국적 기업, 그리고 축산업협동조합 등 여러 곳에서 일한 경험이 있다. 직장문화가 서로 크게 다른 곳이었기에 감회가 새롭다. 대학의 교수직 역시 또 다른 형태의 직장이다.

내가 처음 직장을 구할 때는 가정형편이 어려워 자연히 급여수준을 가장 중요시했는데 이런 생각을 가진 사람들이 많은 게 사실이다. 대학에 교수로 근무하면서 취업을 희망하는 제자들에게 직장을 권할 때 잘 알려진 회사가 아닌 경우에 그들의 첫 번째 질문은 역시 급여수준, 즉 "얼마나 줍니까?"였다. 그만큼 돈을 중히 여기는 것이 하나의 사회풍조가 되었다. 한 통계자료에 의하면 평생 살 수 있는 경제적 여유가 있다면 앞에서 말한 NEET족처럼 일하지 않고 인생을 즐기겠다는 사람이 전체 인구의 70%가 넘는다고 한다. 이것은 대다수의 현대인들이 돈의 노예가 되어 있음을 의미한다고 해도 과언이 아니다. 직장이란 일해서 돈을 벌기 위한 곳만은 아니다. 사회생활의 터전으로 생각해야 한다.

급여수준보다 더 중요하다고 생각되는 것은 회사 CEO의 경영철학임을 강조하고 싶다. 아무리 급여를 많이 준다고 하더라도 그 회사를 움직이는 경영진의 철학이 건전하지 못하면 결코 좋은 직장이라고 할 수 없다. 오직 회사 이익을 위해서 수단방법을 가리지 않는 회사라면 그 속에서 일하는 직원들은 많은 갈등을 느끼면서 근무하기 마련이다. 그 속에서 무엇을 얻고 무엇을 배우겠는가?

말하자면 건전한 경영을 하는 회사가 좋다는 것을 강조하고 싶다. 그런 회사는 회사도 발전하고 구성원도 함께 발전한다. 회사는 나날이 성장하는데 직원들은 그렇지 못하는 경우도 많다. 이건 옳지 못하다. 시간이 지날수록 직원들은 단순히 업무를 통해서 얻어지는 그 이상의 경험과 지식을 축적할 수 있어야 한다.

전 직장에서 책임자로 있을 때 나는 함께 일하던 부하직원들에게 이 회사에서 나와 같이 근무하면 같은 분야에서 앞서가는 다른 회사의 직원들과 비교하여 급여수준은 다소 차이가 나더라도 개인의 발전은 더 많이 하게 될 것이라는 것을 강조했다. 그리고 직원들에게 선진지 견학, 각종 교육 참여 등 그들의 자질향상에 여러모로 심혈을 기울였다. 없던 규정을 만들어서 회사에서 비록 등록금은 지원하지 못했지만 원하는 사람들은 야간대학이나 대학원에 마음 놓고 다니도록 허락해 주기도 했다.

요즘은 평생 직장보다는 평생 직업을 강조하는 시대다. 속도보다 방향이 중요하다. '시계를 가진 사람보다 나침반을 가진 사람이 성공한다'는 말이 있듯이, 인생은 가는 방향이 중요하고 방향을 잘못 잡은 인생은 결국 방황하기 쉽다. 그래서 직장을 구할 때는 회사보다는 직무분야의 적합성을 따져봐야 한다. 회사는 전직을 통해 바꿀 수 있지만 개인의 전문성은 스스로 만들어가야 하기 때문이다. 그런 맥락에서 첫 직장의 선택은 그 의미가 매우 크다. 첫 직장을 선택할 때는 신중을 기해야 한다. 능력이 부족하여 직장선택이 안 되는 사람은 어쩔 수 없지만 여러 회사의 입사시험에 합격하고 최종적으로 한 직장을 선택해야 한다면 이건 중요한 일이다.

첫 직장의 선택은 왜 중요한가? 나는 이것을 앞에서 말한 방향성이란 의미에서 전문성, 즉 자신의 경력관리와 관련하여 강조하고 싶다. 물론 중간에 첫 직장과는 관계없는 분야로 전직할 수도 있지만 실패할 확률이 상당히 높다. 그러니 첫 직장의 선택이 대단히 중요하다고 보아야 한다. 그것은 결국 인생길에서 내가 가야 할 로드맵을 설정하는 것이다. 40대 혹은 늦어도 50대 초반에는 자신의 최종 직장이나 직업이 확정되어진다고 보아야 한다. 그때에 무엇을 할 것인가를 생각하고 첫 직장을 선택하고 경험을 축적해나가야 한다.

나는 대학원에서 석사학위를 취득한 후 몇 차례 직장을 옮겼지만 늘 같은 분야에서 유사한 업무를 취급하다가 나중에는 그 분야의 교수가 되었다. 그러면서 폭넓은 전문지식을 축적하게 되었고, 그러는 동안 그 분야에서 일하는 많은 사람들을 알게 되고 실력두 인정받게 되었으니 그것 또한 엄청난 자산이 되었다.

첫 직장을 구함에 있어서 대기업인가 중소기업인가는 그리 중요하지 않다. 중요한 것은 자기 자신의 삶의 로드맵과 얼마나 부합하느냐 하는 것이다. 낭중지추(囊中之錐)란 말이 있다. 주머니 속의 송곳이란 의미로 재능이 뛰어난 사람은 숨어 있어도 남의 눈에 드러난다는 뜻이다. 설사 첫 직장으로 보잘것없는 곳을 선택했다 하더라도 성실히 근무하고 노력하여 능력을 인정받으면 그 회사에서 큰 대우를 받게 되고 그렇지 않으면 대우가 더 좋은 큰 회사로 옮길 수 있는 가능성도 열리는 것이다.

나는 장차 교수가 되겠다는 생각은 조금도 할 수 없는 여건 아래 중소기업에서 직장생활을 시작했지만 나름대로 열심히 근무하였고 주변 여러 사람들의 도움도 있어서 대기업으로 분류할 수 있는 미국계 다국적 기업으로 전직할 수 있었다. 당시 이러한 전직은 거의 불가능한 일이었기 때문에 그때 나는 첫 직장에서 열심히 일한 것을 오히려 자랑스럽고 보람스럽게 생각하였다.

중소기업이기는 했지만 우리 분야에서 업무를 배우고 익히기에는 여러 가지 면에서 체계가 잘 잡혀 있는 곳이었기에 많은 도움이 되었다. 근래 유럽무대에서 크게 활약하고 있는 박지성 선수도 처음부터 그곳에서 축구를 시작한 것은 아니었다. 직접적인 비유가 될지는 몰라도 성경에 매우 교훈적인 구절이 있다. "네 시작은 미약하였으나 네 나중은 심히 창대하리라(욥기 8 : 7)". 이것은 시작이나 현실이 만족스럽지 못해도 힘껏 일하다 보면 그 결과가 매우 좋아진다는 격려의 말씀이기도 하다.

기업의 경쟁력도 직장을 선택할 때 고려해야 할 중요한 요인 중의 하나이다. 요즘은 기업의 인수합병(M&A)이 다반사로 이루어지고 있다. 즉 경쟁력이 없는 회사는 문을 닫게 되는 것이다. 내가 근무하는 회사가 다른 회사에 합병된다면 어떤 생각이 들겠는가? 아마 난감할 것이다. 합병된 회사의 직원들이 그 직장에서 해고되거나 불이익을 받는 사례를 주변에서 많이 보아왔다. 그러니 가능하다면 직장을 선택할 때 그런 안목도 있어야 한다.

첫 직장을 구하는 젊은이들에게 도움이 될 것 같아 '훌륭한 일터는 무엇이 다른가'란 제목으로 엘테크 신뢰경영연구소가 '2003 한국의 훌륭한 일터 15대 기업'을 대상으로 조사한 자료를 소개해 보기로 한다.

● 다양한 커뮤니케이션을 통해 신뢰를 쌓아나간다. 높은 연봉 수준이나 복리후생 제도가 신뢰를 만들어 가는 것이 아니다.
● 구성원의 가족에 대한 대우가 남다르다. 훌륭한 일터에서는 구성원의 가족을 준사원으로 대우해 준다.
● 구성원의 성장을 위해 투자한다. 훌륭한 일터는 구성원의 성장을 통해 회사도 성장할 수 있다고 믿는다.
● 사회 봉사 활동을 통해 자부심을 높인다. 훌륭한 일터에서는 기업 차원에서뿐만 아니라 구성원 개인들의 자발적인 사회 봉사 활동 모임이 많으며 회사가 지원을 아끼지 않는다.
● 다양한 행사를 통해 조직을 역동적으로 만든다. 훌륭한 일터에서는 크고 작은 행사들이 쉼 없이 일어난다. 업무적인 차원에서 끊임없이 사내 혁신활동을 통한 변화를 일으켜나가며 문화적인 차원에서도 다양한 활동을 전개해 항상 조직 내에 활력이 넘쳐날 수 있도록 기획하고 실행한다.

- 업무나 회사에 대한 자부심이 높다. 훌륭한 일터로 선정된 기업들은 나름대로의 특징을 가진 회사들이다. 구성원들은 이러한 특징들을 통하여 자신의 업무나 회사에 대해 강한 자부심과 긍지를 느낀다.

- 칭찬과 격려가 넘친다. 조그만 칭찬과 격려가 큰 감동과 만족을 준다는 것이다. 작지만 따뜻한 행동과 말 한마디를 통해서 구성원들이 자신의 일에 만족을 느끼고 보람을 찾을 수 있도록 배려한다.

- 구성원의 의견을 존중한다. 훌륭한 일터에서는 구성원에게 많은 책임과 권한을 부여한다. 그만큼 구성원을 믿고 일을 맡긴다는 의미이다.

- 제도와 방침을 보완해 나간다. 훌륭한 직장을 만들어가기 위해서는 먼저 기업 문화와 철학이 뒷받침되어야 한다. 공정한 평가와 보상 체계, 직급 호칭 변경, 유연하고 자율적인 타임제 등 일하기 훌륭한 일터를 위해 각종 제도를 정비, 도입하고 있다.

한편 좋은 직장을 구하려면 자기계발을 충실히 하여 능력 있는 인재가 되어야 한다. 지금의 기업문화는 시간이 지나면서 차츰 바뀌어 가고 있다. 기업이 원하는 인재상도 달라지고 있다. 조세미가 쓴 『세계는 지금 이런 인재를 원한다』란 책을 보면, 인재는 태어나는 것이 아니라 만들어진다고 했다. 세계적인 추세에 따라 자신의 자질향상에 매진해야 할 것이다. 나 역시 대학이나 대학원을 다닐 때 장차 내가 동물사료분야에서 전문가가 되기 위해서는 어떤 것들이 필요한 지에 대해 생각하며 준비해왔다.

마지막으로 신앙생활을 하는 사람이 신앙과 무관한 직장에서 일할 때의 어려움에 대해 이야기해보고 싶다. 신앙을 가진 사람들이 무엇보다 중히 여겨야 할 것은 직장생활과 신앙생활의 연계성이다. 신앙생활을 하는 데 지장을 주는 직장인 경우 시련을 겪는 일이 많다. 직장에서 흔히 갖게 되는 어떤 생활 모습이 교회에서는 죄악시 된다거나 받아들이기 어려운 갈등으로 여겨진다면 그리 좋은 직장이라고 말할 수 없다.

그런 의미에서 하나님이 우리에게 맡긴 소명에 대해 생각해 볼 필요가 있다. 케빈, 케이 마리 브렌플렉 부부가 쓴 『부르심에 합당한 삶을 위한 소명찾기 *Live your Calling*』란 책을 보면 일차적 소명과 이차적 소명에 대해 설명하고 있는데, 전자는 예수님을 따르는 것이고 후자는 사회생활을 하는 데 나에게 맡겨진 역할이다. 중요한 것은 이차적 소명은 일차적 소망에 합당하게 살아갈 수 있는 환경을 제공해 준다는 것인데, 우리의 직업이나 사회적 역할이 하나님을 믿는데 걸림돌이 되어서는 안 된다고 생각한다.

페터 아쇼프는 기독교적 가치와 원칙들의 점진적인 해체 위험은 우리의 신앙과 생활양식에 대한 정면공격보다 훨씬 더 심각한 것이라고 했다. 그는 뜨거운 물속의 개구리를 예로 들었다. 처음 뜨거운 물속에 들어간 개구리는 빨리 빠져 나오려고 안간힘을 쓴다. 그러나 찬물을 서서히 끓이는 경우, 물속의 개구리는 뜨거움을 느끼지 못하고 마침내 그냥 죽고 만다. 근무하는 회사 분위기가 믿음을 부정하지도 않지만 믿음생활을 저해하는 요인이 많아 알게 모르게 믿음을 저버리게 한다면 어떻게 할 것인가?

자신을 돌아보기

- 내가 일할 수 있는 직장에는 어떤 곳이 있는가?
- 마음에 들지 않는 회사에서 많은 보수를 주겠다면 일하겠는가?
- 나의 능력에 비해 좋은 직장에 취업한다면 생존할 수 있겠는가?
- 좋은 직장의 조건을 열거해 보자.

일하고 싶은 직장으로 만든다

나는 처음 직장생활을 시작하면서 가졌던 신조가 하나 있다. 어떻게 생각하면 미련하기도 하지만 '가장 먼저 출근하고 가장 늦게 퇴근하겠다'는 것이었다. 그것은 내가 회사에서 인정받음과 동시에 우리 분야에서 열심히 일해서 앞서가는 전문 지식인이 되고 싶었기 때문이었다.

직장생활에서 성공하려면 우선 주어진 일을 열심히 해야 하고 적절히 잘 처리해야 한다. 그리고 일을 즐길 줄 알아야 한다. 러시아의 문호 고리키는 "일이 즐겁다면 인생은 천국이다. 그러나 일이 의무라면 인생은 지옥이다"라고 했다. 성경에서는 "너희에게 명하기를 누구든지 일하기 싫어하거든 먹지도 말게 하라(데살로니가후서 3 : 10)"

라고 일에 대한 중요성을 강조하고 있다.

일을 즐긴다는 것은 중요한 의미를 지닌다. 일이란 솔직히 말해서 하기 좋을 때보다 하기 싫을 때가 더 많다. 특히 직장에서 야근을 할 때면 더욱 그렇다. 그러나 일이 많아 밤늦게까지 수고해야 할 때면 짜증도 나지만 지나놓고 보면 성취된 일이 많아서 기분이 좋다. 그것은 생각의 차이에서 온다고 할 수 있다. 긍정적인 생각을 가지면 모든 일이 즐거워진다.

조금 다른 이야기이지만 나는 군대에서 상급자들로부터 얼차려를 받을 때 그것을 벌로 생각하지 않고 체력단련의 기회로 여겼다. 동료들의 얼굴은 일그러져 있었지만 나는 속으로 편안하게 생각했다. 어차피 얼차려도 일처럼 하지 않을 수 없기 때문이다. 요즘 젊은들이 쓰는 '피즐(피할 수 없다면 즐겨라)'이란 말이 아마 그런 뜻일 것이다.

아침에 일어나서 기분 좋게 출근할 수 있다면 그것은 좋은 직장이다. 그러나 출근 자체가 짜증난다면 직장이 나쁘든지 자신에게 문제가 있든지 둘 중 하나다. 생계수단으로 직장을 다녀야 하는 건 사실이지만 직장생활이 즐겁지 않다면 이건 죽기보다 못한 일이다. 가정보다 더 많은 시간을 보내는 곳이 직장인데 그곳이 싫으면 큰일이 아닌가!

일은 우리 삶에서 중요한 행복 요소 중의 하나이며, 일이 없다면 보람과 만족이 없는 무의미한 삶이 될 것이다. 때로는 일에서 고통과 스트레스를 받기도 하지만 자신의 일을 사랑하며 능동적으로 처리해낼 수 있으면 그러한 스트레스는 극복할 수 있는 것이다.

물론 직장생활이 말처럼 쉬운 것은 아니다. 직장은 업무, 사람, 보수 등 여러 가지 요인이 복합적으로 작용하고 있는 곳이다. 그러니 모든 조건을 충족시켜 줄 수 있는 마음에 드는 직장이란 드물기 마련이다. 과거 TV 코미디 프로그램 중에서 〈날마다 사표 쓰는 남자〉란 코너가 있었던 기억이 난다. 주인공은 회사에 출근하기가 죽기보다 싫었다. 그래서 늘 사표를 주머니에 넣어가지고 다니지만 가족의 생계를 생각하며 막상 사표를 제출하지는 못한다는 내용이었다.

어떤 회사에서 직원을 채용할 때는 일을 시키기 위한 것이다. 그러니 입사한 직원들은 열심히 일해야 하며 책임을 다해야 한다. 열심히 일하는 사람이 있는가 하면 회사에 대해서 불만은 많은데 일은 열심히 하지 않다가 적당한 시기에 그만두거나 해고당하는 경우도 허다하다. 이것은 직장인으로서 너무나 어리석고 부끄러운 일이 아닐 수 없다. 직장의 속성상 당연히 자신의 마음에 안 들 수 있다. 그러면 빨리 적응하든지 아니면 스스로 그만두어야 한다.

부지런히 일해서 상사로부터 인정받으면 직장생활은 더욱 즐겁고 보수도 좋아진다. 보디발의 집에 종으로 팔려간 성경 속 요셉은 우리 직장인에게 좋은 본보기가 된다. 대개 종이나 머슴은 주인이 시키는 일만 한다. 그것도 능동적으로 하지 않고 마지못해 하기가 일쑤다. 그러나 요셉은 그러지 않았다. 모든 일에 최선을 다했다. 요셉이 얼마나 열심히, 그리고 정직하게 일했던지 주인은 집안의 모든 일을 다 맡겼다. 성경을 보면 "주인이 그 소유를 다 요셉의 손에 위임하고 자기 식료 외에는 간섭하지 아니하였더라(창세기 39 : 6)"라고 기록되어 있다.

지금도 그렇지만 나는 직장생활을 시작하면서 내가 몸을 담은 그 직장은 내가 근무하기 전에 비해 뭔가 달라져야 한다고 생각하고 최선을 다했다. 그렇게 마음먹고 일하면 회사일이 즐겁고 보람도 있는 법이다. 케네디 대통령이 한 연설에서 "국가가 나를 위해 무엇을 해 줄 것을 바라기에 앞서, 내가 국가를 위해 무엇을 할 것인가를 먼저 생각하라"고 한 것처럼 먼저 내가 회사를 위해 뭔가 보탬이 되어야 한다고 생각했다. 그러면 그만한 보상이 필경 나에게 돌아올 것으로 믿었다.

나도 처음 직장생활을 시작할 때는 다른 사람들의 경우처럼 일이 서툴러 잘 처리하지 못했지만 한 부서의 책임자가 되면서부터는 업무체계나 능력이 잘 갖추어짐은 물론 주어진 일만 하지 않고 추가적으로 일을 만들어가며 처리했다. 당연히 부하직원들의 불만은 쌓이게 마련이다. 안 해도 되는 일인데 왜 자꾸 만들어 생고생을 하느냐는 불만도 있었지만 진정 회사를 위하는 길이 무엇인지를 생각해 보자고 하며 이해를 구했던 기억이 있다. 그렇게 했더니 업무 성과는 매우 좋아졌다.

내가 교수로 일하고 있으니 대학 이야기를 조금 해보고 싶다. 국립대학의 조직이나 운영은 자율적인 면이 적지 않다. 한 가지 예를 들면, 대학의 총장이나 학장은 구성원들의 선거로 선출된다. 나는 개인적으로 총장은 선거로 선출해도 무방하지만, 단과대학의 학장은 선거보다는 총장이 임명하는 것이 옳다고 생각한다. 선거로 인한 부작용이 따를 수 있으며 선거에 의한 선출자가 반드시 능력이 우수하다고 볼 수 없기 때문이다.

특히 선거를 하게 되면 교수 구성원들 간에 편이 갈라져 화합이 되지 못한다. 학장 임기는 2년이어서 잠깐이면 지나가지만 교수직은 65세까지 할 수 있다. 구성원 간에 화합이 되지 못하면 그 대학의 일은 제대로 될 수 없는 법이다. 그래서 나는 학장이 될 즈음 선배 및 주변 교수들과 상의하여 학장선거를 없애고 총장임명제로 하기로 합의하였다. 참으로 잘된 결정이라 생각한다.

짧은 기간이었지만 2008년에 나는 우리 대학의 학장으로 일을 한 경험이 있다. 우리 대학뿐만 아니라 전체적으로 보면 학장은 별로 일할 것이 없다고 한다. 그러나 절대 그렇지 않다. 주어진 일만 하면 별것 아니지만 새로운 일을 만들어가며 대학을 발전시키려면 해야 할 일은 끝이 없다.

나는 학장으로서 평소 미진했던 것들에 대해 나름대로 챙겨가며 열심히 일했다. 대학의 발전을 위해, 아니 어쩌면 대학의 생존을 위해 선임 학장들이 이루지 못했던 일들도 추진하여 한 것도 있고, 구상에 그친 것도 있었다. 연구용 기자재를 효율적으로 사용하기 위해

완벽하진 못해도 유사한 실험실습실을 일부 통폐합하였다. 연구를 하지 않는 교수가 개인적으로 실험실을 가지고 있는 것은 말이 안 된다. 학생들을 위한 실습용 실험실을 공동으로 운영하면 된다. 또한 우리 대학의 연구지표를 올리기 위해 교수들의 연구여건과 분위기를 조성하는 한편, 연구에 전혀 관심을 두지 않는 일부 교수들에게 미안하긴 했어도 국제수준의 학회지(SCI급)에 연 1편 이상의 논문을 발표하지 않으면 교수업적평가에서 불이익을 받게 되는 제도도 마련하였다. 반면에 내가 가장 하고 싶었던 것 중에서 우수 신입생 유치와 더불어 가난한 가정의 학생들을 위해 우리 대학 자체의 장학재단을 설립하고자 했으나 여러 가지 난관이 있어 이루지 못해 못내 아쉬움을 가지고 있다.

국립대학은 일하는 데 있어서 사회의 직장과는 조금 다른 면이 있다. 나름대로 자율성이 어느 정도 보장되어 있어서 구성원의 합의가 없이는 어떤 좋은 일도 할 수 없다. 즉 개혁이 쉽지 않다는 뜻이다. 더욱이 교수의 업적에 관계없이 1년에 1호봉씩 승급하니 차별화가 되지 못한다. 외람된 말이기는 하나 일반 직장에서 일해본 나로서는 이러한 분위기가 대학발전에 큰 걸림돌이 된다고 본다.

무한 경쟁사회에서 국립대학도 결코 예외가 될 수 없다. 교수들이 열심히 연구하고 교육을 해야 대학이 발전하고 우수한 학생들이 지속적으로 들어오는 것이다. 근무하는 교수수준과 학생수준이 곧 그 대학의 수준이 된다. 그리고 학생이 없으면 교수나 대학이 필요없는 것이다. 그래서 나는 항상 나 자신이 우리 대학과 학생들에게 무슨 도움이 될 것인지를 생각하며 일하고 있다. 또한 나는 제자들에게 "여러분들이 나에게 월급을 주고 있다"고 말하곤 한다. 그렇게 생각하니 그들에게 남다른 애착을 가지게 된다.

한때 마케팅 용어로 고객만족(CS : Customer Satisfaction)이란 말이 유행했다. 그러나 지금은 고객만족만으로는 부족하다. 고객감동(CE : Customer Emotion)이어야 한다. 감동해야 다시 찾는다는 것이다. 회사에서 일하는 직원도 마찬가지다. 자기 일을 성실히 수행하여 상사로부터 합격점을 받으면 만족수준으로 살아남을 수는 있다. 그러나 경쟁사회에서 남보다 앞서 승진하려면 상사가 감동할 정도로 업무를 처리하지 않으면 안 된다.

'사장이 되려면 사장의 생각을 하고 사장처럼 일하라'란 말이 있다. 사원이라도 맡은 일에서는 사장의 마음으로 헤아려야 한다. 직장생활에서 개인에게 주어지는 일은 책임지고 해야 한다. 직장인들이 자신이 맡은 일에 대한 역할(role)만 할 때는 지났다. 부단히 노력하여 회사나 조직을 한 단계 업그레이드 시켜야 한다는 사명감을 가져야 한다. 앞서가는 직장인이 되기 위해서는 앞에서 언급한 바와 같이 그 직장에서 맡은 업무만 하는 것이 아니라 새로운 가치를 창조할 수 있는 활동(value creating activity)을 동시에 추진해야 한다는 뜻이다.

'고래 박사가 된 청소부'란 이야기를 읽은 적이 있다. 대학을 졸업한 한 청년이 뉴욕의 자연사 박물관에 임시직으로 근무하게 되었다. 그는 맨 처음 박물관의 마룻바닥 닦는 일부터 시작했는데, 지저분한 바닥 청소를 아무렇지도 않게 생각하며 항상 즐겁게 일했다. 궂은일도 아무 군소리 없이 척척 해냈고, 매일 한 시간씩 일찍 출근하여 남보다 성실하게 일하면서 틈틈이 박물관 구석구석을 찾아다니며 무언가를 열심히 연구하고 공부했다.

그러는 동안 그는 박물관 직원들에게 성실성을 인정받아 정식 직원으로 채용되었고 계속 노력하여 '고래 박사'로 널리 알려지게 되었으며, 결국에는 그 자연사 박물관의 관장 자리에까지 오르게 되었다. 그가 바로 세계적인 동물학자이자 탐험가인 미국의 앤드루스이다. 그가 만약 적당히 시키는 일만 하는 사람이었다면 박물관 관장은커녕 정식 직원도 되지 못했을 것이다.

내가 축협에서 사료 공장장으로 일할 때 만났던 하청업체의 한 직원 이야기를 해보고 싶다. 그는 가장 먼저 출근하여 동료 직원들이 편안히 일을 시작할 수 있도록 모든 준비를 해 놓는다. 그리고 근무 중 쉬는 시간에는 여기저기 돌아다니며 미흡한 점을 찾아 스스로 해결해 놓는다. 그리고 하루 일과가 끝나면 동료들이 다 퇴근 한 다음 공장 전체를 돌아보고 내일 일에 차질이 없는지 확인한다. 그가 있는 동안에는 공장의 업무효율이 매우 높았다. 그는 누가 봐도 사장처럼 일하는 귀한 사람이었다.

성경에 나오는 무화과나무의 비유를 보자. "과원지기에게 이르되 내가 삼 년을 와서 이 무화과나무에 실과를 구하되 얻지 못하니 찍어버리라 어찌 땅만 버리느냐(누가복음 13 : 7)"라는 말씀이 있다. 직장인들도 포도원의 무화과나무와 마찬가지로 해석할 수 있다. 열매를 맺지 못하는 무화과나무가 찍혀버려지듯 일을 제대로 못하는 직장인은 해고당하는 것이다. 나는 직장생활을 하면서 해고되는 사람들을 많이 보았다. 그들은 우리 동료들이 보아도 게으르거나 일을 제대로 하지 못해 조직에 도무지 도움이 되지 못하는 사람들이었다.

내가 속한 직장을 일하고 싶은 직장으로 만들기 위해서는 인간관계 역시 소중히 여겨야 한다. 직장은 공동생활을 하는 곳이다. 과거에는 한 부서의 장을 과장이나 부장으로 불렀지만 지금은 팀장으로 부르는 경우가 많아졌다. 팀으로 일하기 때문에 주변 사람들과의 관계를 매우 중요시하게 되는 것이다. 직장에서 인간관계가 원만하지 못하면 일하기 힘들 뿐만 아니라 생활하기도 어려워진다.

그래서 아침에 출근하여 저녁에 퇴근하기까지 많은 시간을 함께 보내는 직장동료들과의 관계를 잘 정립해 나가는 것이 업무수행 능력보다도 우선일 수 있다. 루스벨트는 "성공의 공식 중 가장 중요한 것은 다른 사람과 잘 지내는 방법을 아는 것"이라고 했다. 그만큼 사람과의 관계가 중요하다고 할 수 있다. 나는 다른 동료들과 비교적 잘 지내는 편이었지만 마음에 안 드는 직원들과는 거리감이 있다는 느낌을 갖는 경우도 있었다. 이것은 상대방 탓이 아니라 내 탓일 수도 있다. 성경을 보면 "무슨 일을 하든지 마음을 다하여 주께 하듯

하고 사람에게 하듯 하지 말라(골로새서 3 : 23)" "무엇이든지 남에게 대접을 받고자 하는 대로 너희도 남을 대접하라(마태복음 7 : 12)"라고 하였다. 상대방에게 문제가 있다고 하더라도 내가 그들을 충분히 포용했다면 잘 지낼 수 있었는데 성경 말씀처럼 그렇게 하지 못했다는 생각이 든다.

인간관계에서 서로 충돌이 생기는 원인에는 여러 가지가 있겠지만 상대방을 무시하는 데 가장 큰 원인이 있다고 해도 과언이 아니다. 직장생활하면서 상사로부터 한두 번 무시당해 보지 않은 사람은 없을 것이다. 그때의 기분은 매우 불쾌할 수밖에 없다. 나도 직장에서 책임자로 일할 때 업무를 제대로 처리하지 못한다고 부하직원들에게 호통치고 인격까지 무시한 일이 있었다. 지금 생각하면 미안하고 후회스럽다.

사람은 누구나 남에게 인정받고, 존경받고 싶은 마음을 가지고 있는데 무시당하거나 멸시당하면 그 상처는 매우 클 수밖에 없다. 내가 그 당시 부하직원들을 인격적으로 대하지 못했던 것은 내 자신의 문제였다. 내가 좀 더 포용력이 컸더라면 그들이 같은 일을 해도 덜 힘들었을 텐데 제시간에 일이 성사가 안 되면 짜증부터 냈으니 미안할 따름이다. 그럼에도 불구하고 나를 믿고 따라준 그들이 너무나 고맙다.

직장에서도 겸손은 절대적으로 필요한 덕목이다. 업무는 공격적으로(aggressive) 처리해야 하지만 인간관계에서는 항상 겸손해야 한다. 세상에는 겸손한 사람보다 교만한 사람이 더 많은 것 같다. 인간을 일방적으로 평가하기는 어렵지만 어느 누구나 교만에 빠질 가능성은 있는 것이다. 이것이 어쩌면 인간의 한계일 수 있다. 겸손하다는 말은 자신을 낮춘다는 것을 의미한다. 겸손한 사람은 남의 의견을 존중하고 남에게 양보할 줄 안다. 그러나 교만한 사람은 절대로 양보하는 일이 없다. 겸손한 사람은 자신의 감정을 다스릴 줄 알지만 교만한 사람은 그렇지 않다.

성경에서도 '겸손한 마음은 주님의 마음'이라 하여 매우 중요하게 여기고 있다. "오직 겸손한 마음으로 각각 자기보다 남을 낮게 여기고(빌립보서 2 : 3)"라고 했다. 겸손한 마음은 남을 존중하는 것이다. 안타깝게도 세상에는 강한 자에게는 약하지만 약한 자에게는 유달리 강한 자들이 많다.

현대사회를 살아가는 우리들은 경쟁 속에서 엄청난 고통을 받고 있다. 경쟁에서 이기면 즐거울 수 있지만 졌을 때는 그만큼 고통이 따른다. 학창시절에는 좋은 학교를 가기 위해 경쟁하고, 졸업 후 직장에서는 먼저 승진하기 위해서 경쟁해야 한다. 과거에는 승진이 직급, 나이, 입사시기 등 일정한 순서에 의하여 결정되었지만 지금은 부하가 상사를 제치고 먼저 승진하는 시대가 되었으니 얼마나 살벌한 경쟁 속에 살고 있는 것인가?

경쟁이 없는 세상에서 살 수만 있다면 행복하겠지만 불행하게도 사람이 살아가면서 상호 경쟁을 안 할 수는 없다. 그러나 그것은 어디까지나 선의의 경쟁이어야 한다. 남을 험담하거나 끌어내려서 내가 이기려는 생각은 반드시 버려야 한다. 경쟁은 분명히 고통이 따른다. 그래서 존 하팩스는 그의 저서 『경쟁으로부터 편안해지는 법 *Slow down*』에서 "진정 가치 있는 삶은 얼마나 많은 승리를 차지하느냐가 아니라 경쟁의 고통에서 얼마나 자유로운가에 있다"라고 했다.

마지막으로 진정한 리더가 되면 직장생활이 즐겁다는 것을 강조하고 싶다. 직장에서 상사의 위치는 매우 중요하다. 그가 올바른 리더라고 한다면 부하직원이 잘 따르겠지만 그렇지 못하면 지시나 하는 보스에 불과하다. 앞에서는 마지못해 따르는 척하지만 뒤에서는 욕하고 험담만 하게 된다. 보스와 리더는 너무나 큰 차이가 있다.

요즘은 서번트 리더십(Servant leadership)과 영적 리더십(Spiritual leadership)에 관한 이야기를 많이 하고 있다. 서번트 리더십은 공동의 목표를 이루어나가는 데 있어 구성원들이 정신적으로나 육체적으로 지치지 않도록 환경을 조성해 주어 그들이 잠재력을 발휘할 수 있도록 하는 리더십이다.

반면에 영적 리더십이란 헨리 블랙커비가 그의 저서 『영적 리더십 *Spiritual leadership*』에서 말하고 있는 것처럼 "사람들을 움직여 하나님의 일을 하게 하는 것"이라고 할 수 있다. 그는 "영적 리더는 성령께 의존하며 사람들을 움직여 현재의 자리에서 하나님이 원하시는 자리로 가게 한다는 것"이라고도 했다.

결국 리더십의 의미가 변하고 있다는 것이다. 과거에는 복종을 요구했지만 지금은 오히려 섬김을 요구하고 있는 것이다. 그것의 본보기는 예수님이시다. 예수님은 이 땅에 섬기러 오셨다고 했다. "인자가 온 것은 섬김을 받으려 함이 아니라 도리어 섬기려 오신 것이다 (마태복음 20 : 28)".

스티븐 그레이브스와 토머스 애딩턴도 그들의 저서 『최고의 리더 예수의 영향력을 배워라 Clout and influence』에서 "사람의 마음을 움직이는 것은 설득도, 명령도 아닌 영향력이다"라고 했다. 우리 크리스천은 어떤 패러다임 하에서 리더십을 함양해 가야 하는지를 잘 새겨볼 필요가 있는 것이다.

자신을 돌아보기

- 나는 지금의 직장에 만족하고 있는가?
- 불만족스러운 직장이라면 무엇이 문제인가?
- 다른 직장으로 옮긴다면 그런 불만사항이 해결될 수 있다고 생각하는가?
- 나는 리더인가, 아니면 보스인가?

가정과 직장생활의
균형을 맞추는 것이 중요하다

어떠한 성공도 가정에서의 실패를 보상할 수 없다.
— 데이비드 맥케이

나는 대학에 진학하겠다는 첫 꿈을 가진 후부터 지금까지 열심히 공부했고 열심히 일해 왔다. 나는 나의 뜻을 관철하고야 말겠다는 집념이 누구보다도 강했다. 그렇기 때문에 좋은 직장들을 거쳐 국립대학교의 교수로까지 오게 되었다고 생각한다.

지금은 변하고 있지만 내가 직장생활을 시작한 80년대만 하더라도 상사가 퇴근하지 않으면 부하직원이 감히 먼저 퇴근하지 못했다. 특별한 일이 없는데도 불구하고 마냥 자리에 앉아 있어야 했다. 분위기도 그렇고 나는 일 욕심도 많았으니 나의 퇴근은 자연히 늦을 수밖에 없었다. 그것이 습관이 되다시피 하여 결혼한 후에도 그렇게 했다. 그러다 보니 가정일은 거의 뒷전이고 나의 삶에선 언제나 회사일이 최우선이었다.

솔직히 말해 그 결과는 좋지 않았다. 가정이란 누구든지 편한대로 생각하고 마음대로 행동해서는 안 되는 곳이다. 가정은 구성원들 간의 수용력이 낮아 말이나 행동에서 매우 민감하게 작용하는 경우가 많다. 그럼에도 불구하고 늘 회사 일을 먼저 생각하다 보니 자연히 가족들과 함께하는 시간은 적어지고 대화량도 부족했다. 그리고 집안일에 항상 소홀할 수밖에 없었다. 집에 늦게 들어오면서 회사 일을 가져오는 경우도 종종 있었다. 소위 직장생활과 가정생활을 제대로 분간하지 못하고 회사 일에만 매달리는 일중독자(workholic)가 된 것이다.

미국의 한 교수에게 "당신은 유명한 교수이며 연구할 여건도 좋아 부럽다. 연구비도 많고 대학원생도 많고 그 정도면 걱정이 없겠다"고 말한 적이 있다. 그랬더니 그는 자신의 가장 큰 고민거리는 가정에서 보내는 시간과 직장(대학)에서 보내는 시간 사이의 균형을 맞추지 못하고 있는 일이라고 했다. 너무나 공감이 가는 답변이었다.

미국의 경우를 보면, 실제로 열심히 일만 하다 이혼당하는 사람들이 많다고 한다. 1970년대 후반 가장 미국적인 영화 중의 하나로 알려진 〈크레이머 대 크레이머(Kramer Vs. Kramer)〉란 영화가 당시의 시대상을 잘 말해준다. 가정에는 무관심한 채로 일과 직장에만 매달리던 한 남편이 자아를 발견하고 자기 세계를 갖고자 하는 아내와의 갈등으로 결국 이혼하게 된다는 내용이다.

우리나라는 전통적으로 남성들의 권위에 비교적 관대한 사회지만 현대의 남성들은 시대적 변화에 따른 새로운 남편상과 아버지상을 정립할 필요가 있게 되었다. 현대사회는 이제 더 이상 가부장적 가족체계가 아닌 것 같다. 더 이상 아내나 자녀들에게 절대적인 복종을 강요할 수 없는 사회가 되었다는 뜻이다. 맞벌이의 경우는 더욱 그러할 것이다.

앞장에서도 말했지만 우리는 일해야 한다. 일을 강조하는 명언도 많다. 비스마르크는 "일하라. 좀 더 일하라. 끝까지 열심히 일하라"고 했으며, 나폴레옹은 "꿈에서라도 일을 하라"고 했다. 성경에서도 "자기의 일을 게을리하는 자는 패가하는 자의 형제니라(잠언 18 : 9)"라고 하였다.

먹고살기 위해서 일하는 것은 당연하다. 일하되 열심히 그리고 최선을 다해야 한다. 그러나 일로 인해 가정이 중요하다는 사실을 잊어서는 안 된다. 우리는 사회적인 성공이나 출세를 좇다가 가정에서 실패하는 경우를 종종 본다. 데이비드 맥케이는 "어떠한 성공도 가정에서의 실패를 보상할 수 없다"고 했다.

이유는 여러 가지가 있겠지만 시간이 지날수록 무너지는 가정이 많아져서 걱정스럽다고 한다. 가장 큰 이유 중의 하나가 남편이 가정을 소홀히 하기 때문이다. 성경에서는 "자기 가족을 돌보지 아니하면 믿음을 배반한 자요 불신자보다 더 악한 자니라(디모데전서 5 : 8)"라고까지 했다. 가정을 소홀히 해서는 안 된다는 강력한 메시지이다. 윌 뒤랑이라는 철학자는 "가장 큰 걱정거리는 우리 시대의 가정이 점차 무너져 가고 있다는 사실이다. 현대 사회를 지탱하는 두 개의 기둥은 가정과 국가인데, 만일 이 두 개의 기둥 중에서 국가라는 기둥을 뽑아버린다면 가정으로 그 사회를 지탱할 수 있지만 가정이라는 기둥을 뽑아버린다면 그 사회는 아무것도 남지 않을 것이다"라고 했다. 그만큼 가정을 지키는 일이 중요하다는 것이다.

가정에서 아버지는 중요한 존재다. 그저 집안의 생활을 위해 돈이나 벌어다 주는 것으로 생각하면 절대적으로 잘못이다. 아버지가 직장일로 인해 가정을 소홀히 한다면 아버지 부재 가정이나 마찬가지다. 부르스 탐슨은 『내 마음의 벽*Walls of my heart*』이란 책에서 아버지 결손 증후군으로 자녀들의 성격장애, 신경증, 범죄 등을 들고 있다.

스테판 폴터는 그의 저서 『모든 인간관계의 핵심 요소 아버지*The father factor*』에서 부재형 아버지는 자녀들에게 작게는 슬픔, 크게는 분노를 유발한다고 했으며 정서적, 지적인 면에서 부재하면서 신체적으로만 존재하는 것(같이 사는 것)은 해롭다"고 했다. 이런 아버지들은 자녀의 삶에서 어떤 일이 벌어지고 있는지 잘 모르며, 자녀가 자신에게 중요하지 않다는 부정적인 메시지를 보내고 있다는 점을 이해하지 못하거나 혹은 이런 것에 아예 관심이 없다고 한다.

그는 자녀의 인간관계와 사회적 성공을 결정하는 5가지 아버지 유형을 제시했다. 성취지향주의형 아버지(자녀들은 본인의 일에 무관심하거나 남을 배려하는 마음을 갖지 못한다), 시한폭탄형 아버지(자녀들은 정서적 불안감을 느끼며 혼란과 두려움으로 믿음을 갖지 못한다), 수동형 아버지(자녀들은 인간관계에 소극적이며 정서적 유대감을 갖지 못한다), 부재형 아버지(자녀들은 버림받고 거부당한 경험으로 깊은 정서적 상실감을 가진다), 그리고 마지막으로 배려하는 멘토형 아버지이다(자녀들은 정서적 안정감을 바탕으로 자긍심, 공감, 일관성을 가진다).

코카콜라의 전 회장인 더글러스 테프트는 우리에게 너무나 중요한 말을 남겼다. "인생은 다섯 개의 공을 가지고 노는 저글링(juggling) 게임과 같다. 다섯 개의 공이란 일, 가족, 건강, 친구, 그리고 영혼이다. 그런데 일에 해당하는 공은 고무공이고 나머지는 유리공이다". 즉 일보다는 가족 등 다른 것들이 더 중요하다는 말이다. 일에만 매달리다 자녀들과 관계가 소원해지면, 로스 파크의 저서 『아버지만이 줄 수 있는 것이 따로 있다 Fatherhood』에서 언급된 것처럼 아버지가 주는 고유한 영향력이 자녀에게 전달되지 못하는 것이다.

그래서 두란노 아버지학교(www.father.or.kr)에서는 '바쁜 아버지는 나쁜 아버지'라고 하며, 아버지 부재의 가정에 아버지를 돌려보내자고 한다. 가정에서 아버지의 부재는 아버지의 권위를 실추시키기 쉽다. 그러니 바쁘다는 핑계로 가정을 외면해서는 안 된다. 퇴근을 늦게 하거나 휴일에 집을 나갈 때는 분명한 명분이 있어야 한다.

여기서 두란노 아버지학교에 참여하면서 한 아버지가 자신의 아들에게 쓴 편지내용의 일부를 소개해 보고자 한다. 나를 비롯한 많은 아버지들로부터 크게 공감을 갖게 한 내용이었다.

네가 유치원을 거쳐 초등학교에 들어가면서 퇴근 시간만 되면 10분이 멀다 하고 나에게 전화를 해서 언제 들어오느냐며 귀찮을 정도로 보챘던 것 기억하겠지? 그런 너를 달래며 아빠는 기어코 하던 일을 모두 마무리하고 뿌듯한 마음에 자정이 넘어서야 귀가하기를 반복했고 기다리다 지쳐서 잠이 든 너에 대한 미안한 마음을 가장으로서 열심히 일했다는 것으로 덮어버리곤 했단다. 너는 매일 그렇게 전화를 했고 나는 그런 너를 달래며 여전히 함께 놀아주지 못했지. 지켜지지 않는 약속을 수없이 내일, 내일로 미루며 몇 년의 세월이 더 흐르고, 제법 먹고 살만해졌다고 느끼던 어느날, 나는 네가 더이상 나에게 전화를 하지 않는다는 사실에 가슴이 내려앉았다. 네가 그렇게도 함께 놀아주기를 원했던 그래서 그렇게 애타게 기다렸던 아빠는, 그러나 결코 놀아주지 않았던 아빠는, 이제 더이상 너에게 필요가 없어지고 만 거야. 미안하다. 그리고 용서하렴. 그때 너에게 필요했던 것은 좋은 집에 풍성한 음식과 장난감이 아닌 함께 뒹굴 수 있는 아빠의 사랑과 따뜻하고 다정한 몸짓이었을 텐데…. 나에게 내밀었던 너의 그 어린 손을 잡아주지 못하고 이제서야 다 자란 너를 향해 내미는 이 아빠의 부끄러운 손을 용서하기 바란다.

실제로 많은 시간을 일만 하는 것과 적절한 시간 동안만 열심히 일하여 좋은 결과를 얻는 것은 다르다. 생각의 차이일 수도 있겠지만 무엇을 우선순위에 두어야 할지는 정말 잘 생각해봐야 할 일이다.

구두사업으로 크게 성공한 브라운은 자기 사무실 벽에 표어를 걸어 두었는데 그 표어는 "첫째는 하나님! 둘째는 가정! 셋째는 구두!"였으며, 그것이 그의 성공 비결이었다고 한다.

여기서 우리는 가정에서 남자, 즉 남편과 아버지의 역할을 재조명해 볼 필요가 있다. 그것을 제대로 알아야 올바른 역할을 할 수 있기 때문이다. 나는 학교에서 박사과정까지 공부했고 교회도 꽤 오래 다녔지만 결혼 전에 그러한 것들에 관해 자세히 배우지는 못했다. 남편과 아버지의 역할이란 그저 부모님이나 주변에서 보고 배운 것이 전부이니 서툴 수밖에 없었다.

매우 늦었지만 2004년 두란노 아버지학교에서 남편과 아버지의 사명에 대해 배울 기회가 있었다. 배우고 나니 아버지로서의 나의 역할이 한결 부드러워졌다고 느끼고 있다. 먼저 거기에서 제시하는 남편과 아버지의 사명을 간략히 소개해 보기로 하겠다.

남자는 결혼하게 되면 남편이 된다. 그래서 아버지이기 이전에 남편으로서의 사명을 충실히 수행해야 한다. 성경에서도 "자기 아내 사랑하기를 제 몸 같이 할찌니 자기 아내를 사랑하는 자는 자기를 사랑하는 것이라(에베소서 5 : 28)"고 하였다.

남편의 사명은 아내를 사랑하고 아내에게 하나님의 사랑을 경험시켜 주며, 아내와 연합하여 한 몸을 이루어 하나님께서 꿈꾸시는 가정을 만드는 것이다. 그리고 아내에 대한 남편의 사랑은 권위가 있어야 하며, 그러기 위해서는 먼저 표현하고 배려해야 하며 그리고 성숙시키는 사랑이 있어야 한다는 것이다.

이제 아버지의 사명에 대해 알아보자. 자녀들이 건전한 자아 정체성을 지니며 성장할 수 있게 하기 위해서는 아버지의 역할이 매우 중요하다. 두란노 아버지학교에서는 다음의 4가지를 제시하고 있다. 아버지는 자녀들에게 삶의 원천, 삶의 지표, 자녀의 자부심, 그리고 미래의 보장이란 것이다.

앞에서 언급한 것처럼 나는 직장에서 일에 몰두하여 가정에서 보낸 시간도 적고 가정 일에 소홀했으며 자녀들에게 아버지의 사명을 제대로 수행하지 못했으니 제대로 된 남편이나 아버지 역할을 한 것이 별로 없다. 부끄럽기 짝이 없다. 아버지학교를 수료한 후로 점차적으로 노력하고 있다는 게 그나마 다행스러운 일인 것 같다.

남자로 태어나서 남편과 아버지로서 산다는 것은 참으로 힘들고 어려운 일인 것 같다. 다시 한번 강조하지만 그저 돈이나 벌어다 주면 자녀들이 저절로 큰다고 생각하면 그건 큰 잘못이다. 돈 이외에도 할 일이 많은 것이다. 그 많은 역할을 잘 감당해야 한다. 교회 일로 교도소에서 재소자들과 이야기해볼 기회가 있었다. 거기서 느낀 것 중 하나는 그들에 앞서 그들의 아버지에게 문제가 있는 경우가 많았다는 것이다.

남자가 결혼하여 아버지가 되면 역할이 더욱 복잡해지고 다양해지는 것 같다. 그중에서도 중요한 것은 가정 내 구성원들 간에 화합을 이끌어내야 한다는 것이다. 나는 그러한 일에 소홀했다. 내가 옳다고 생각하는 것이 바로 법이고 누구나 따라야 했다. 자연히 가족들과 충돌이 생길 수밖에 없었다. 그런 나의 모습에 대해 요즘 생각해보면 매우 쑥스럽다.

아버지는 가정의 제사장이면서 화평의 중심에 서야 한다. 켄 산데의 『피스메이커 *The peacemaker*』란 책에서 크리스천으로서의 화평에 대해 많은 것을 알게 되었다. 하나님도 "화평케 하는 자는 복이 있나니 그들이 하나님을 볼 것임이요(마태복음 5 : 9)"라고 하셨다. 두란노 아버지학교에서 전에 슬로건으로 쓰던 내용이 너무나 마음에 와 닿는다. "아버지들이여, 화해자가 되십시요!"

가정 내에서 남편, 아내, 그리고 자녀의 생각은 서로 다를 수 있다. 여기에 부모님, 그리고 처부모님의 생각까지 보태지면 상당히 복잡해진다. 이렇게 서로 다른 생각들을 틀린 것이 아니라 다르다고 생각하고 잘 조율해 나가는 것이 우리가 해야 할 일이다. 마치 오케스트라 지휘자가 서로 다른 악기의 음감을 조화롭게 아우르는 것처럼.

김성묵의 『그 남자가 원하는 여자, 그 여자가 원하는 남자』란 책을 보면 어떤 것이 나와 다른 것을 잘못된 것이라고 판단하고 비난하는 것이 아니라, 다름을 극복하고 이해할 때 조화롭고 행복한 삶을 누릴 수 있다고 했다. 또한 나는 최선을 다하지만 상대방은 나와 다른 생각으로 인해 그것을 최악으로 받아들일 수도 있다는 점은 다른 것을 이해하는 것이 얼마나 중요한가를 깨우쳐 주고 있다.

그래서 나는 우리 집 가훈을 '화이부동(和而不同)'으로 정했다. 논어에 나오는 말로 "군자는 화이부동(和而不同)하고 소인은 동이불화(同而不和)한다"에서 착안한 것이다. 군자는 화합하고 화목하되 남들에게 똑같아지기를 요구하지 않으며, 소인은 같은 점이 많아도 서로 화합하지 못한다는 뜻으로 풀이된다. 가족 간에도 화합하려면 생각이 서로 다른 가족 구성원의 존재를 인정하고 받아들여 공통의 이해를 도출할 수 있어야 하는 것이다.

자신을 돌아보기

- 직장 일에 지나칠 정도로 몰입해 있지는 않은가?
- 나의 가족은 나의 직장생활과 가정생활에 만족하는가?
- 부질없이 바쁜 생활을 하고 있지는 않은가?
- (사)두란노 아버지학교 운동본부(www.father.or.kr)를 아는가?

삶의 의미를
찾는다

05

삶의 의미를
찾는다

고등학교 졸업 후 한때 나는 삶의 의미를 느끼지 못해 방황한 적이 있었다. 아무런 희망도 없고 내가 어디서 와서 어디로 가고 있는지, 내가 누구인지도 모를 정도로 혼란스러웠다. 이것은 바로 정체성의 결여에서 비롯되었다고 해도 과언이 아니다. 정체성은 삶의 의미를 확실하게 하고 하는 일에도 자긍심을 준다. 정체성은 우리의 창조주가 하나님임을 인정하고 영적으로 소통함으로써 더욱 확고하게 됨을 알아야 한다.

자아 정체성을 찾는다

그런즉 누구든지 그리스도 안에 있으면 새로운 피조물이라
이전 것은 지나갔으니 보라 새것이 되었도다

─고린도후서 5:17

주인공이 비행기 추락으로 수년 동안 외딴섬에 갇혀 있다가 어렵게
탈출한 영화 〈캐스트 어웨이(Cast Away)〉를 보고 혼자됨의 의미를 느
꼈다. 그런데 얼마 전, 토마스 네일러 등이 저술한 『삶의 의미를 찾
아서 *The search for meaning*』란 책을 읽고 느낀 바가 더욱 커졌다. 저자
는 책 서두에서 한 가지 생각할 명제를 던져준다.

"망망대해를 항해하는 도중 배가 침몰하여 혼자 살아 외딴 섬에
남게 된다. 먹을 것은 있지만 문제는 혼자라는 것이다. 남은 생애 동
안 다른 사람을 영원히 만날 수 없다. 죽을 때까지 인간의 접촉 없이
삶의 의미를 느끼며 살 수 있을까?"

아마 없을 것이다. 의식주가 확실히 보장된다고 하더라도 사회적

동물로서의 인간은 결코 홀로 살 수 없을 것이다. 지금까지 살아오면서 어려움에 직면할 때면 나는 내 자신이 별볼일없고 불행하다는 생각을 여러 번 했었다. 특히 고등학교 졸업 후 꿈이 없는 시간을 보낼 때 더욱 그러했다. 당시는 삶에서 아무런 의미도 희망도 찾아볼 수 없었다. 그런데 앞의 책에서 혼자란 얼마나 외로울까, 생각해본 뒤로는 내게 어떤 어려움이 있을지라도 그보다는 낫겠다는 생각을 하게 되었다.

과거 내 자신이 불행하다고 느끼게 된 것은 내 자신의 정체성이 제대로 확립되어 있지 못하였기 때문으로 판단된다. 왜 삶의 의미를 제대로 설정하지 못하고 불행하다고 생각했단 말인가? 교수가 된 후 학교에서 학생들과 면담하면서 좋은 환경에 처해 있으면서도 그렇게 생각하는 학생들이 간혹 있어서 재삼 강조해 보는 말이다.

정체성의 확립은 우리들의 삶의 의미를 더욱 확고하게 한다. 반대로 정체성을 잃으면 삶의 의미를 잃게 된다. 요즘 삶의 의미를 갖지 못해 방황하는 사람들이 얼마나 많으며 자살율은 얼마나 높은가?

니체는 "왜 살아야 하는지를 아는 사람은 그 어떤 상황도 견뎌낼 수 있다"고 말했다. 하이럼 스미스의 『인생에서 가장 소중한 것*What matters most*』이란 책을 보면 자신이 누구인지, 자신이 무엇을 하고 있는지, 그리고 자신이 무엇을 성취하려는지를 정확히 알아야 한다고 강조하고 있다.

근래 의미 치료라고도 불리는 로고테라피(logotherapy)가 각광을 받고 있다. 유명한 심리학자인 빅터 프랭클 박사가 창안한 것으로 그는 제2차 세계대전 당시 유대인이라는 이유로 아우슈비츠 수용소에 갇혀 있었다. 거기에서 그는 마지막까지 살아남은 사람들이 그의 예상과는 달리 겉보기에는 허약하고 어수룩해 보이면서도 삶에 대한 애착이나 의미를 분명히 지닌 사람들이었다는 사실을 확인할 수 있었다. 그 자신도 마찬가지였다. 그는 훗날 자신의 경험을 『죽음의 수용소에서 *Man's search for meaning : an introduction to logotherapy*』라는 책을 통해 증언하고 있다.

결국 굳건한 자아 정체성은 자신의 존재를 중요시하게 하고 자신이 하는 일에 가치를 부여할 수 있게 하는 것이다. 김준수가 쓴 『마음의 치유』란 책을 보면 자아 정체성이 확실하게 정립되지 못하면 자기 존중감이 떨어져 타인의 평가에 민감하게 되며, "나는 나다"라는 확실한 인식을 가질 수 없게 된다고 한다.

2000년에 들어선 어느 날 교회의 작은 집회에서 자아 정체성에 관해 강의를 들을 기회가 있었다. 강의 도중 우리는 서로 '나는 누구인가(Who am I?)'란 질문을 하며 답을 나누었는데 그 질문에 대한 대답은 상당히 어려웠다. 그저 이름을 밝히며 가족관계, 학력, 직장 등등 기본적인 현황 설명에 그칠 수밖에 없었다. 내가 누구인지 그동안 심도 있게 생각해볼 기회도 없었고 한편으로 그런 질문은 어리석은 것으로 판단해 왔기 때문이다.

정체성(identity)이란 무엇인가? 사전에서는 정체성의 의미를 '변하지 아니하는 존재의 본질을 깨닫는 성질, 또는 그 성질을 가진 독립적 존재'라고 정의하고 있다.

닐 앤더슨의 책 『내가 누구인지 이제 알았습니다*Victory over the darkness*』에서 정체성에 관한 확실한 개념을 얻을 수 있었다. 그는 이렇게 말했다. "때때로 우리가 겉으로 나타내 보이는 것은 우리의 참모습을 가리기 위한 가면이며, 또 자기 안에 있는 상처를 감싸기 위한 껍질에 불과하다". 즉 우리의 외모나 업적, 사회적 신분만으로는 우리의 정체성을 충분히 드러낼 수 없다는 것이다. 외적인 것으로 삶의 인정을 받는 것은 내적인 평화와 성숙을 가늠할 수 없다는 것이다.

우리 삶에서 정체성을 지니게 되는 것은 우리가 어디서 왔는가란 그 신분을 이해하는 것이라고 했다. 그것은 바로 우리의 창조주가 하나님이란 것을 아는 것이다. 아담과 이브는 죄짓기 전에는 하나님과 연합하는 영적 생명을 지녔지만 그후에는 그렇지 못했다. 그래서 닐 앤더슨은 그 깨어진 관계를 회복시키는 것이 하나님의 뜻이며, 우리 신분의 본질이라 했다.

하나님은 우리를 창조하시고 죄 많은 우리를 구원하시기 위해 그의 독생자 예수 그리스도를 이 땅에 보내 피 흘려 죽게까지 하셨다.

"하나님이 자기 형상 곧 하나님의 형상대로 사람을 창조하시되 남자와 여자를 창조하시고(창세기 1 : 27)" "내가 진실로 진실로 너희에게 이르노니 내 말을 듣고 또 나 보내신 이를 믿는 자는 영생을 얻었고 심판에 이르지 아니 하나니 사망에서 생명으로 옮겼느니라(요한복음 5 : 24)".

자아 정체성은 충분히 회복할 수 있으며 반드시 회복해야 한다. 김준수 교수는 "우리의 자아 정체성은 하나님이 규정하신 것을 받아들이는 것이며, 나의 정체성은 내 속에서 생성되는 것이 아니라 하나님으로부터 주어지는 것"이라 했다. 즉 자아 정체성을 찾는다는 것은 하나님을 믿는 것이다. 성경은 믿음으로 인해 옛것을 버리고 새것을 입어 새로운 피조물이 되라고 하였다.

"너희는 유혹의 욕심을 따라 썩어져 가는 구습을 따르는 옛 사람을 벗어버리고 오직 심령으로 새롭게 되어 하나님을 따라 의와 진리의 거룩함으로 지으심을 받은 새 사람을 입으라(에베소서 4 : 22~24)" "그런즉 누구든지 그리스도 안에 있으면 새로운 피조물이라 이전 것은 지나갔으니 보라 새것이 되었도다(고린도후서 5 : 17)".

믿음이란 무엇인가? 메리 채피언은 『보배롭고 존귀한 나 *To love and be loved*』란 책에서 믿음이란 "하나님의 말씀이 진리임을 믿는 것, 자만하거나 또는 겸손한 척하지 않고 진정한 자부심을 갖고 하나님 말씀대로 자신을 사랑하는 것, 그리고 믿음과 사랑에 입각하여 행동하는 것"이라 했다.

하나님을 나의 구주라고 생각하고 믿기만 하면 아무리 고달픈 환경이나 못난 모양으로 이 세상에 태어났다고 해도 자아 정체성은 문제가 되지 않는다고 생각한다. 그리고 이 세상에 태어난 뜻을 이해해야 한다. 하나님은 모든 것을 그의 목적을 위해 만드셨다. 그러니 우리는 하나님이 나를 왜 이 세상에 보내셨을까, 그리고 하나님이 나를 통해 이루려 하시는 뜻이 무엇일까에 대해 기도하며 생각해 보아야 한다.

성경에 나타난 한 예를 찾아보자. 소경이 등장한다. 소경으로 태어난 사람은 불평을 할 수 있다. 그러나 그를 보고 예수님은 "그에게서 하나님의 하시는 일을 나타내고자 하심이니라(요한복음 9 : 3)"라고 하셨고 결국 그의 눈을 뜨게 함으로 하나님의 능력을 보여 주셨다. 팔다리가 없는 장애인으로 태어나 지금은 희망 전도사로 활동하고 있는 닉 브이치치는 어려서 자신의 외모가 남들과 다르다는 생각을 하고 죽으려고 몇 번이나 자살을 시도했지만 주변의 설득으로 "하나님이 나를 통해서 이루려는 뜻이 있다"는 확신을 가지고 장애인이면서도 정상인과 같이 대학도 다니고, 수영을 비롯한 각종 스포츠도 즐기면서 아름다운 삶을 영위하고 있다고 한다.

우리는 자신이 누구인지를 제대로 인지하지 못하면 방황하게 된다. 아주 어려서 다른 가정으로 입양된 사람들이 이성이 들기 시작하면서 자신에 관한 의문으로 정체성의 혼돈기를 겪는다는 것은 잘 알려진 사실이다. 미국의 오바마 대통령은 어떠했는가? 케냐 출신 아버지와 미국인 어머니 사이의 혼혈아로 태어나 어린 시절 열등감은 물론, 정체성의 혼란기를 겪으면서 마약에까지 손을 댔던 시기도 있었다고 한다.

성경 창세기를 보면 모세라는 사람이 등장한다. 그는 당시 애굽에서 노예생활을 하던 유대인의 아들로 태어났지만 왕실에 입양되어 성장한 후 왕의 후계자가 될 즈음, 자신의 출생사실을 알고 스스로 노예로 돌아선다. 이것이야말로 정체성을 찾아가는 것이다. 만약 모세가 자신의 출생사실을 부인하거나 숨기고 애굽의 왕실에 남아 있었다고 해서 그에게 행복한 앞날이 보장되었을 것이라고 생각하기는 어렵다.

성장기 동안 나의 자아 정체성이 제대로 세워지지 못했던 것은 믿음이 없는 가정에서 태어났기 때문으로 여겨진다. 어릴 적 우리 가정은 너무나 유교적이고 가부장적이었다. 교회는 감히 엄두도 못 냈으며, 가정에 어려운 일이 발생하면 점을 보기도 하고 누가 아프면 무당을 불러 굿도 하는 가정이었다.

내 개인적인 생각으로 미루어 믿음이 없는 가정에서 자란다는 것은 두 가지 면에서 문제가 되거나 손해를 볼 수 있다. 첫째는 앞에서 말한 정체성에 관한 것이며, 둘째는 '아버지로부터의 축복'이다. 어려서부터 굳건한 자아 정체성을 지니며 하나님 아버지, 그리고 육신의 아버지로부터 축복받으며 자랄 수 있다면 그 이상의 행복은 없는 일이다.

종갓집 장남으로 태어났으니 가정 내에서 나의 위치는 든든했지만 아버지로부터 성경적 축복의 말씀은 듣지 못하고 자랐다. 아버지가 교회를 나가지 않으셨으니 당연한 일이었다. 두란노 아버지학교의 스태프로 봉사하던 중 나는 재미있는 이야기 하나를 들었다. 지원자 중 한 명이 자신도 아버지가 생전에 크리스천이 아니어서 축복의 말씀을 듣지 못했다고 한다. 그래서 그의 아버지 산소에 가서 머리를 대고 "아버지, 축복해 주세요"라고 했다는 것이다.

아버지로부터 축복받는 것은 매우 중요하다. 성경 속에서 믿음의 조상 아브라함의 가계(아브라함 – 이삭 – 야곱 – 요셉)를 보면, 아버지로부터 받은 축복으로 인해 하나님이 그들과 함께 하며 고난을 당할 때마다 지혜와 용기를 주셨고 그 고난을 무사히 극복할 수 있게 해주셨다. 축복받은 사람과 그렇지 않은 사람 간에는 형언할 수 없을 정도로 큰 차이가 있다.

내가 신앙을 통해 내 자신을 추스르고 보니 다른 세상에 사는 기분이었다. 어떤 풍파를 당해도 이겨낼 수 있는 용기와 힘이 생겼고 과거와는 달리 내 자신이 하나님이 늘 함께하는 소중한 존재라는 것을 느끼며 산다. 행동은 부족하지만 확고한 믿음을 갖기 전에 비해 생각만은 여러 가지 면에서 분명히 달라졌다.

사람이 태어나서 성장하는 가정이나 대를 이어가는 가문의 믿음은 무척 중요하다. 가문의 믿음은 큰 유산이 되는 것이다. 두 가문을 예로 들어 보겠다. 미국 청교도 역사에서 가장 위대한 영향을 끼쳤던 조나단 에드워즈는 믿음의 가문이었으며, 그의 친구인 맥스 쥬크는 불신의 가문으로서 훗날 이 두 사람의 가계를 추적해 보았더니 엄청난 차이가 있었다고 한다. 에드워즈 가문에서는 617명의 후손 중에 대학 총장 12명, 교수 75명, 의사 60명, 성직자 100명, 장교 75명, 저술가 80명, 변호사 100명, 판사 30명, 공무원 80명, 하원의원 3명, 상원의원 1명, 미국의 부대통령 1명을 배출하였다. 반면에 쥬크 가문에서는 총 1,292명의 후손 중 유아 사망 309명, 거지 310명, 불구자 440명, 매춘부 50명, 도둑 60명, 살인자 70명, 그저 그런 사람이 53명이었다고 한다. 영성이 풍부한 가정과 그리스도가 떠나버린 가정의 차이를 비교해 볼 수 있는 좋은 예라 할 수 있다.

나는 믿음생활은 하고 있었지만 안타깝게도 아버지로서의 확고한 정체성은 결여되어 있었다. 우리 자녀들에게 아버지의 역할을 제대로 하지 못했다. 아버지의 정체성이 제대로 세워지기 위해서는 진정한 남성으로 거듭 태어나야 한다.

그런 의미에서 나는 두란노 아버지학교 운동본부에 크게 감사드린다. 아버지학교를 통해 그런 내용을 잘 배웠기 때문이다. 우리는 남자로 태어나 남성이 되고 결혼함으로써 비로소 아버지가 된다. 아버지학교에서는 진정한 남성의 요인을 네 가지로 요약하고 있다.

그것은 왕, 전사, 스승, 그리고 친구이다. 왕은 폭군이 아닌 어진 왕이어야 하며, 전사는 비겁하지 않은 부드러운 전사여야 한다. 스승은 위선자가 아닌 참된 스승이어야 하며, 친구는 배신자가 아닌 진정한 친구여야 한다. 이 네 가지, 즉 '어진 왕, 부드러운 전사, 참된 스승, 그리고 진정한 친구'가 합쳐 잘 어우러지면 진정한 아버지가 될 수 있다는 것이다.

거듭 강조하지만 지난날 나는 그런 남성, 그런 아버지가 되지 못했다. 2004년 아버지학교를 수료하고 난 후부터 지금까지 아버지학교 스태프로 봉사하면서 수많은 아버지들을 만났는데 그런 기준에 못 미치는 아버지들이 생각보다 훨씬 많았다. 가을에 산에 가서 야생 복숭아를 따보면 겉은 멀쩡해도 속은 예외 없이 벌레가 먹은 것을 본 적이 있는데, 별 문제가 없어 보이는 아버지라 할지라도 자세히 살펴보면 가정적으로, 그리고 성경적으로 문제가 많다. 더욱 중요한 것은 문제가 있음에도 불구하고 그것을 제대로 느끼지 못하고 있다는 것이다. 성경적으로 보면 매우 안타까운 일이 아닐 수 없다.

그런 아버지일수록 가정 내에서 아내와 자녀들과 갈등도 많은 게 사실이다. 아버지인 나와 갈등이 많았던 아들 희승이가 나의 적극적인 권유로 고등학교를 졸업한 후 두란노 아버지학교에서 청년들을 대상으로 하는 프로그램 '예비 아버지학교'를 수료했다. 아들이 한 말 가운데 "이제 아버지를 이해할 수 있어요"라는 말이 나의 마음을 아프게 했다. 그것은 '아버지의 영향력'이란 강의를 듣고 우리 가문을 빗대놓고 한 말이다. 유교적이고 남성 권위적인 가문에서 자란 내가 구시대적 사고방식을 그대로 답습하고 있었다는 의미일 것이다. 참으로 부끄러운 일이 아닐 수 없다.

두란노 아버지학교를 통해서 아내와 자녀들과의 관계가 개선되어 가고 있는 것은 사실 내가 교수가 된 것보다 더 기쁜 일이다.

2004년 6월에 아버지학교를 수료한 후 지금까지 아버지학교에서 스태프로 봉사하고 있는데 동료 봉사자들의 공통점은 아버지학교 수료 후 가족관계가 크게 개선되었다는 것이다. 내가 두란노 아버지학교 춘천 초대지부장으로서 동료 스태프들과 2004년 11월에 춘천에서 아버지학교를 개설한 후 2009년 말 기준으로 춘천과 인근 지역에 2천 명이 넘는 아버지들이 아버지학교를 수료했으니 얼마나 감사하고 보람된 일인가?

자신을 돌아보기

- 나는 누구인가?
- 나의 정체성을 흐리게 하는 요인은 무엇인가?
- 다른 사람이 나를 누구라고 하는지 들어보자.
- 두란노 아버지학교 운동본부의 예비 아버지학교 프로그램을 확인해 보자.

내가 하는 일에 가치를 부여한다

나는 지금까지 살아오면서 부족한 점이 너무나 많은 가운데서도 내가 하는 일에 대해서는 항상 의미와 가치를 부여해 왔다. 아무리 하찮고 고달픈 일이라도 그것이 훗날 내 인생에 도움이 될 것으로 생각하고 열심히 살았다. 나는 시골에서 태어났기 때문에 초등학교를 입학하기 전부터 힘든 농사일을 배우며 자랐다. 솔직히 말해 당시에는 그런 일이 몹시 하기 싫었다. 주말이나 휴일에도 꼼짝없이 일했다. 일하기 싫어하는 나에게 아버지께서는 나중에 농사일을 하지 않더라도 배워 놓으면 도움이 되니 몸에 익히라고 항상 말씀하셨다.

그 일들이 성장하면서, 그리고 직장생활을 하면서 여러 가지 힘든 일이 있어도 거뜬히 이길 수 있는 밑거름이 된 것이다. 지게 지며 힘든 일을 했던 기억을 살려보면 다른 일은 너무 쉽게 느껴진다. 훗날 필요없을 것 같은 일도 배워 놓으니 아버지 말씀대로 많은 도움이 된 것이다. 대학원을 휴학하고 전방에서 군복무를 할 때 농가에 벼 베기 지원을 간 일이 있었다. 부대 내에서는 하급병이 훈련과 내무 반 청소가 싫어서 그런 지원활동에 나간다고 혼이 나기도 했다. 그들은 내가 대학원에 다니다 군대에 왔으니 농사일을 전혀 할 줄 모르는 것으로 알고 있었다. 하지만 막상 첫날 일을 시작하고부터는 누구보다도 일을 잘해 일이 있을 때마다 농가에 나가 도움을 주어 보람이 컸던 기억이 있다.

자신이 하는 일을 중요하지 않게 생각하거나 하기 싫으면 최선을 다하지 않는 경우를 흔히 본다. 마틴 루터 킹 목사는 하는 일에 대해 이렇게 강조했다고 한다.

"무의미한 일은 없다. 인간성을 고양시키는 모든 일은 존엄하고 중요하며 몸과 마음을 다해 그 일을 열심히 해야 한다. 만약 누군가 에게 거리 청소일이 맡겨졌다면 그는 미켈란젤로가 그림을 그리듯, 베토벤이 음악을 만들듯, 셰익스피어가 시를 쓰듯, 그렇게 거리를 청소해야 한다. 하늘과 땅의 주인이 가던 길을 잠시 멈추고, 여기 자신의 일을 참으로 열심히 했던 한 청소부가 살았노라고 말할 수 있도록⋯."

성경에서도 작은 일, 사소한 일에 최선을 다할 것을 역설하고 있다. "지극히 작은 것에 충성된 자는 큰 것에도 충성되고 지극히 작은

것에 불의한 자는 큰 것에도 불의하니라(누가복음 16 : 10)" "그 주인이
이르되 잘하였도다 착하고 충성된 종아 네가 적은 일에 충성하였으
매 내가 많은 것을 네게 맡기리니 네 주인의 즐거움에 참여할지어다
(마태복음 25 : 23)"라고 하였다.

무슨 일을 하든 긍정적으로 생각하고 실행해야 내가 하는 일이 즐
겁다. 어려운 일을 당할 때 그것을 부정한다고 해결되는 것이 아니
다. 어차피 벌어진 일, 긍정적으로 생각하고 적절한 해결책을 강구해
야 한다. 긍정은 아무리 어렵고 힘든 일이라도 생각을 바꿈으로써 즐
겁게 할 수 있으며, 우리 삶을 보다 가치 있는 것으로 바꾸기도 한다.

신학자인 조나단 에드워즈는 가치 있는 삶을 위한 다섯 가지 결의
를 작성하고 죽을 때까지 이를 실천했다고 한다. 그것은 사는 동안
최선을 다하며, 할 수 있는 가장 유익한 방법으로 살고 이 방법이 아
니면 한 순간이라도 낭비하지 않으며, 경멸하는 것이나 비천하게 생
각되는 것은 절대로 하지 않으며, 복수심 때문에 어떤 일을 하지 않
으며, 생명이 끝나도 해서는 안 될 일은 하지 않는다는 것이다.

대학을 졸업하고 사회로 나가는 학생들에게 직장을 권해보면 "대
학을 졸업한 사람이 그런 일은 못 합니다"란 말을 들을 때가 있다.
자신의 능력은 생각하지 않고 급여가 낮거나 힘든 일은 하지 않겠다
는 것이다. 한번 생각해 볼 일이다. 무엇이 그들을 그렇게 만들었는
지 안타깝기도 하다.

우리는 슈바이처 박사의 삶의 철학에 대해 생각해 볼 필요가 있

다. 한 자료에 의하면, 그는 아프리카에서 병원을 처음 지을 때 여러 가지 잡일을 하며 주변 사람들에게 같이 하자고 했다. 한 흑인청년이 "나는 공부를 한 사람이라 그런 노동은 안 합니다"라고 하자 그는 "나도 학생 때는 그런 말을 했지만 공부를 많이 한 후엔 아무 일이나 한다"고 대답했다고 한다.

사람은 맡겨진 일이라면 어떤 일이라도 해야 하며, 하는 일에 가치를 부여할 줄 알아야 한다. 대학 다닐 때 방학이면 친구들은 여행을 가기도 했지만 나는 무조건 시골에 가서 부모님의 농사일을 거들어야 했다. 2학년 여름방학 때 서울의 한 친구가 시골 우리 집에 놀러왔다. 친구는 나를 바로 알아보지 못했다. 밭에서 김을 매고 있던 터라 흙 묻은 옷에 땀 범벅이 되어 있었으니 나를 몰라보는 것은 당연했을 것이다. 나를 알아본 그는 대학생이 어떻게 그런 막일을 할 수 있느냐고 오히려 의아하게 생각하였다.

나는 회사생활을 할 때 직책은 관리직이었지만 현장 직원들과 힘든 일을 같이 할 때가 많았다. 그렇게 하니 현장관리가 훨씬 더 잘 되었다. 현장직원들과 이질감을 전혀 느끼지 않았다. 직장에서 대부분의 관리자는 하급직원들에게 시키기만 할 뿐 직접 하는 경우는 별로 없다. 특히 어렵고 힘든 일은 더욱 그렇다.

모든 사람은 능력의 그릇이 다르다. 사도 바울은 이렇게 말했다. "큰 집에는 금 그릇과 은 그릇뿐 아니라 나무 그릇과 질 그릇도 있어 귀하게 쓰는 것도 있고 천하게 쓰는 것도 있나니 그러므로 누구든지 이런 것에서 자기를 깨끗하게 하면 귀히 쓰는 그릇이 되어 거룩하고 주인의 쓰심에 합당하며 모든 선한 일에 준비함이 되리라(디모데후서 2 : 20~21)”.

이 말씀은 귀함과 천함을 구분하는 것이 결코 옳은 것이 아님을 지적해 주는 말이라고 생각한다. 쓰임을 받기 위해서는 준비되어 있어야 하며, 준비된 만큼 쓰이게 된다는 뜻이다. 또한 그릇도 종류별로 모양은 다르지만, 목적에 따라 가치 있게 쓰임 받음은 마찬가지로 여겨야 한다. 작은 그릇이라 해서, 금 그릇이 아니라 해서 쓸모없는 것이 결코 아니다.

우리는 세상을 살아가면서 어떤 집단의 한 구성원이 된다. 구성원이란 기계의 부품과도 같다고 해도 과언이 아니다. 자동차를 예로 들자면 자동차에는 엔진도 있고 바퀴도 있고 심지어 작은 나사도 있다. 하는 역할에서 정도의 차이는 있겠지만 다 필요한 것들이다. 세상에서 우리가 하는 일도 마찬가지다. 그러니 내가 어떤 일을 하더라도 그만한 가치를 지니게 됨을 알아야 한다.

우리는 단순히 세상적으로 생각해서 어떤 일을 선택하는 경우가 많다. 세상적으로 남들이 보기에 그럴듯하다고 해서 반드시 좋은 것만은 아니다. 그것은 단지 고정관념에 불과할 뿐이다. 고정관념은 우리의 의식을 옭아맴으로써 변화를 두렵게 하고 부자유스럽게 만든다. 최윤희가 쓴 『고정관념 와장창 깨기』란 책은 발상의 전환과 고정관념 깨기를 통해 보다 멋진 삶을 영위할 수 있는 방법을 제시하고 있다.

우리는 지속적인 선택의 과정 속에서 살고 있다. 할 일을 선택해야 하고, 갈 길을 선택해야 한다. 그 선택은 옳을 수도 있고 틀릴 수도 있다. 선택의 기로에 놓여 있을 때 어떤 길을 선택할 것인가? 주변의 조언을 들어야 하겠지만 더 좋은 방법은 기도하며 하나님께 그 길을 묻는 것이다. 이 점을 특히 강조하고 싶다. "어떤 길은 사람이 보기에 바르나 필경은 사망의 길이니라(잠언 14 : 12)"란 성경 구절에 귀를 기울일 필요가 있다고.

일단 일을 선택하면 자신이 하는 일에 가치를 부여하고 그것에 최선을 다해야 한다. 자신의 주관이 뚜렷하면 하는 일의 가치도 커진다. 같은 일을 해도 누가 하느냐에 따라 그 가치는 크게 달라질 수 있다. 나는 스기하라 지우네란 사람의 이야기를 읽고 큰 감명을 받았다. 그는 2차세계대전 중 리투아니아에서 근무하던 일본 외교관이었다. 1940년 4월, 나치 점령하에 폴란드에서 리투아니아로 도망쳐 온 유대인들이 각국 영사관 및 대사관으로부터 비자를 취득하고자 했으나 소련이 리투아니아를 병합하고 각국의 리투아니아 영사관, 대사관의 폐쇄를 요구했기 때문에 유대인들은 아직 업무를 계속하고 있었던 일본 대사관을 통해 비자를 얻기 위해 몰려들었다. 일본 정부는 유대인에 대하여 중립 정책을 폈으나 사실상 비자 발급을 제한했다고 한다.

스기하라 지우네는 소련정부와 본국으로부터 거듭된 퇴거 명령을 받으면서도 베를린으로 이동하는 9월 초까지 비자를 계속 발급하여 적어도 6천 명에 이르는 유대인들의 국외 탈출을 도왔다고 한다. 그 기간 리투아니아에서 희생된 유대인은 약 20만 명으로 추산된다고 한다. 외무성의 명령을 무시한 채 비자를 발급하면 자신과 가족의 목숨조차 보장할 수 없다는 것을 충분히 알고도 내린 과감한 결단이었다. 그는 본국으로 소환되어 면직되기는 했으나 훗날 '용기 있는 인도적 행위를 실행한 외교관 스기하라 지우네'로 인정받았다. 만약 그가 상투적으로 그의 일을 처리했다면 6천 명 유대인의 운명은 어떻게 되었겠는가?

나는 직장생활을 하면서 가끔 상사나 회사동료들과 업무처리 과정에서 불협화음을 내기도 하였다. 그것은 내가 하고 싶은 일을 못하게 하거나 그릇된 방향으로 지시하는 데서 비롯되었다. 사실 하급 직원은 상급자가 시키는 대로 하면 일이 잘되든 못되든 그만이다. 그러나 상급자가 올바른 판단력을 가지고 있다고 생각되지 않는 때가 있다. 그럴 때 마찰이 생긴다. 그럴 때 도덕적으로 무례함을 저지르면 안 되지만 옳은 일에 대해서는 자신의 뜻을 관철해야 한다고 믿는다. 그래야 자신이 하는 일에 애착을 가질 수 있고 의미를 부여할 수 있기 때문이다.

앞에서 언급했던 자기 주관, 즉 정체성이 잘 정립되면 내가 어떤 어려운 환경에 처하든 무슨 일을 하든 문제가 되지 않는다. 이러한 것과 관련하여 자신이 지닌 울타리를 살펴볼 필요가 있다. 여기서 말하는 울타리라는 것은 다른 사람들과의 관계에서 결코 문이 없는 벽이 되어서는 안 된다는 것이다.

헨리 클라우드와 존 타운센드의 『울타리*Boundaries workbook*』란 책을 보면 내면의 울타리는 다음의 4가지 범주로 나누어진다.

첫째, 순종이다(나쁜 일에도 "예"라고 말하는 것). 순종적인 사람은 분명하지 못하고 흐릿한 울타리를 지니고 있다. 둘째, 회피이다(좋은 일에도 "아니오"라고 말하는 것). 회피는 도움을 요청하지 못하는 것, 자신의 필요를 인정하지 못하는 것, 그리고 다른 사람들을 안으로 들어오게 하지 못하는 것이다. 셋째, 지배이다(다른 사람의 울타리를 존중하지 않는 것). 지배적인 사람들은 다른 사람들의 울타리를 존중할 줄 모르며 자기 자신의 삶에 대한 책임을 거부한다. 넷째, 무반응이다(다른 사람의 필요에 귀 기울이지 않는 것). 반응이 없는 사람들은 사랑의 의무에 관심을 기울이지 않는다는 것이다.

이 책을 읽고 보니 나의 울타리 역시 적절치 못한 면이 있었다고 생각된다. 사실 앞의 네 가지 요소들에서 자유로워지기에는 인간으로서 한계가 있을 수 있다. 그러나 세상을 제대로 살아가려면 남을 돕지는 못해도 적어도 남에게 피해를 주지는 말아야 한다. 내가 속한 조직에 도움을 주려면, 그리고 나를 소중히 여기고 내가 하는 일에 자부심을 느끼려면 자신의 울타리에 대한 생각을 신중하게 검토하여 건전하지 못한 부분은 과감하게 재정립해 나가야 할 것이다.

끝으로 자신이 하는 일의 가치는 그 일이 자신만을 위한 것인지,

아니면 다른 사람을 위한 것인지에 따라 상당한 차이가 있음을 강조하고 싶다. 월드비전 긴급구호팀장으로 활동했던 한비야의 『지도 밖으로 행군하라』란 책을 보면 이런 이야기가 있다. 한비야가 어느 오지에서 전염성 풍토병 환자들을 치료하고 있는 유명한 케냐인 안과의사에게 "당신은 아주 유명한 의사면서 왜 아무도 알아주지 않는 이런 험한 곳에서 일하고 있나요?"라고 물었더니 "내가 가지고 있는 기술과 재능을 돈 버는 데만 쓰는 건 너무 아깝잖아요? 무엇보다도 이 일이 내 가슴을 몹시 뛰게 하기 때문이죠."라고 대답했다고 한다.

나는 2004년 아버지학교를 수료하고 지금까지 헌신자로 활동하고 있는데 이 일은 내가 하고 있는 일 중에서 어쩌면 내 가슴을 가장 뛰게 한다. 나는 지금까지 해온 모든 일들에 열정을 가지고 일해 오면서 그 일에 큰 의미와 가치를 부여해왔지만 그것은 어디까지나 나 자신을 위한 일이나 다름없었다. 그러나 아버지학교에 대한 헌신은 감사와 감동과 눈물이 있으며, 그 결과 변화가 있기에 '내 가슴을 뛰게 하기'에 충분하다. 우리가 하는 모든 일이 우리의 가슴을 뛰게 한다면 얼마나 좋을까?

자신을 돌아보기

- 나는 어떤 일을 하고 있으며, 그것이 중요하다고 생각하는가?
- 내가 하는 일로 인해 이 사회는 어떤 변화가 있을까?
- 남에게 보여주기 위한 삶을 살고 있다고 생각하지는 않는가?
- 나의 울타리는 어떤 울타리인가?

하나님을 따른다

―잠언 16:9

대학교 2학년 때 영어공부를 제대로 해야 되겠다는 생각으로 영어학원을 다닌 적이 있었다. 거기서 어느 작은 교회의 목사님을 만났고 그분의 권유로 교회에 나가기 시작했다.

교회에 처음 나갔음에도 불구하고 찬송과 기도와 말씀으로 이어지는 예배가 그리 이상하지 않았다. 오히려 마음이 편안하고 많은 위로가 되었다. 나는 예배 중에 생전 해보지 않았던 기도도 해보았다. 잘될 리가 없었다. 기도라기보다는 소망을 머릿속에 그려보는 정도였다는 것이 더 정확한 표현일 것이다.

성경을 인용한 목사님 말씀을 통해서 "우리는 하나님이 창조하신 피조물이며, 죄 많은 우리를 구원하여 영생을 주기 위해 독생자인 예수 그리스도를 이 땅에 보내 피 흘려 죽게까지 했다"는 사실을 알고 나는 내 자신에 대해 다시 생각하게 되었다. 이때부터 앞에서 말한 나의 '정체성'이 확립되어 가기 시작했다고 볼 수 있다. 지난날 나 자신을 하찮게 여기며 열악한 환경에 더 민감했던 내가 하나님 말씀을 들음으로써 나 자신을 새롭게 조명해 볼 수 있는 안목이 생긴 것이다. 더욱이 하나님이 나를 너무나 사랑하고 있다는 사실을 내가 미처 몰랐다는 것에 놀라움을 금치 못했다. 시골에서 자랄 때 교인들이 우리 마을에 전도차 오면 예수쟁이라고 놀리던 시절이 너무나 어리석게 느껴졌다.

그런데 나는 교회에 나가기는 시작했으나 신앙생활을 잘하지는 못했다. 솔직히 말해 적당히 한 것이다. 하나님을 믿어 온 아내와 결혼함으로써 새로운 마음으로 신앙생활을 시작했지만 직장생활이 바쁘다는 핑계로 역시 적극적이지 못했다. 진정한 믿음생활이란 삶 속에서 믿음에 대한 마음과 행동이 우러나와야 한다고 생각한다. "너희는 먼저 그의 나라와 그의 의를 구하라(마태복음 6 : 33)"란 말씀처럼 우리의 삶은 하나님 우선이어야 한다. 평소 입을 통해 흥얼거리는 노래는 유행가가 아닌 찬송가여야 하고 말 속에서는 불평과 질타보다는 감사가 넘치고 칭찬과 용서가 표출되어야 한다. 하나님께 드리는 헌금을 아까워해서도 안 된다.

지금도 많이 부족하지만 지난날 나의 믿음생활을 돌이켜 보면 믿는 자라기보다는 교회에 출석하는 자에 불과했다. 이것은 무엇을 의미하는가? 말하자면 하나님을 머리로 이해하기는 했지만 가슴으로 받아들이지는 못했다는 뜻이다. 신앙생활을 시작할 때나 적극적으로 교회에 나가지 않을 때는 '과연 하나님이 계실까, 천국이 있을까?'란 의문으로 혼란스러운 때도 있었지만 많은 시간이 흐른 후에야 비로소 그런 의문은 사라지고 믿음이 자라는 것을 느끼게 되었다.

결국 천국이 있을까 하는 의문은 나의 믿음에 대한 확신이 부족했기 때문이었다. 만약 천국이 없다면 이 세상의 그 많은 크리스천들은 속고 사는 것이며 하나님을 증거하는 사람들은 다 거짓말쟁이에 불과할 것이다. 성경을 보면 "하나님을 믿지 아니하는 자는 하나님을 거짓말하는 자로 만드나니 이는 하나님께서 그 아들에 관하여 증거하신 증거를 믿지 아니하였음이라(요한일서 5 : 10)"라고 했다. 어느 날 나는 찰스 스펄전이 쓴 『네 믿음을 보이라*Unbelief*』란 책에서 '당신의 믿음을 하나님께서 인정하실까?'라는 소제목을 보고 두려운 생각이 들었다. 하나님을 믿는다고 하지만 하나님이 인정하시는 믿음이 내게 있는지 확신하지 못했기 때문이었다.

솔직히 말해 하나님을 구주로 영접하기란 그리 쉽지 않은 것 같다. 왜냐하면 하나님을 체험해 보아야 그 실체를 이해할 수 있기 때문이다. 나 자신도 여러 가지 힘든 과정을 거치면서 하나님을 제대로 만나고 이해하게 된 것이다. 여기서 가정적으로 엄청난 고난을 겪고 난 후에야 하나님을 영접한 시인인 이어령 교수의 『어느 무신론자의 기도』란 책에서 본 시의 한 구절을 소개하기로 한다. 이것은 결국 하나님은 갈급히 찾아야 만날 수 있지, 교회에 나간다고 다 만날 수는 없다는 것을 의미하기도 한다. 더우기 믿지 않는 자들은 이런 기도 내용을 어떻게 생각할까? 내가 믿기전에 그랬던 것처럼 결코 마음에 와 닿지 않을 것이다.

당신을 부르기 전에는
아무 소리도 들리지 않았습니다.
당신을 부르기 전에는
아무 모습도 보이지 않았습니다.
하지만 이제 아닙니다.
어렴풋이 보이고 멀리에서 들려옵니다.

어둠의 벼랑 앞에서
내 당신을 부르면
기척도 없이 다가서시며
"네가 거기 있었느냐"
"네가 그동안 거기 있었느냐"고
물으시는 목소리가 들립니다.

달빛처럼 내민 당신의 손은
왜 그렇게도 야위셨습니까.
못자국의 아픔이 아직도 남으셨나이까.

도마에게 그렇게 하셨던 것처럼 나도

그 상처를 조금 만져볼 수 있게 하소서.

그리고 혹시 내 눈물방울이 그 위에 떨어질지라도

용서하소서.

아무 말씀도 하지 마옵소서.

여태까지 무엇을 하다 너 혼자 거기에 있느냐고

더는 걱정하지 마옵소서.

그냥 당신의 야윈 손을 잡고

내 몇 방울의 차가운 눈물을 뿌리게 하소서.

우리 인간은 어떻게 보면 너무 영악하고 교만한 면이 있기 때문에 그것이 하나님을 믿는 데 걸림돌이 되는 것 같다. 성경에 이런 구절이 있다. "너희가 돌이켜 어린 아이들과 같이 되지 아니하면 결단코 천국에 들어가지 못하리라(마태복음 18 : 3)". 여기서 어린 아이라 함은 순진한 자, 자기를 낮추는 겸손한 자, 의지하는 마음이 있는 자 등을 의미할 것이다.

예수님이 이 세상에 계셨을 때 그가 행하는 하나님의 기적을 보면서도 믿지 않거나 의심했던 사람들이 많았다. 심지어 예수님을 따르던 제자들 중에도 그랬다. 베드로가 그러했고 가룟 유다는 돈 몇 푼 받고 예수님을 팔아 넘기기까지 했다. 예수님을 가까이에서 모신 제자들도 그러했는데 하물며 까마득히 먼 옛날에 쓰여진 성경만으로 오늘날 우리가 하나님을 구주로 영접하기란 결코 쉬운 일이 아니다.

나는 이 세상을 살면서 크리스천이 된 것이 가장 감사하고 자랑스럽다. 나의 삶의 여정을 나의 구주이신 하나님이 인도해 주시고 간섭해 주시고 계시다는 것을 느끼고 있으니 큰 기쁨이 아닐 수 없다. 내가 해야 할 일을 성실히 수행하면 결과는 하나님께서 챙겨주신다고 생각하니 마음이 편한 것이다. 또한 하나님을 떠나서는 내 삶이 결코 온전한 삶이 될 수 없으며 죽은 삶이라고 생각한다. 성경에서 하나님과 우리 인간의 관계를 포도나무와 가지에 비유하는 데도 아마 그런 의미가 있을 것이다. "나는 포도나무요 너희는 가지라 그가 내 안에 내가 그 안에 있으면 이 사람은 열매를 많이 맺나니 나를 떠나서는 너희가 아무것도 할 수 없음이라(요한복음 15 : 5)".

믿지 않는 사람들은 세상적인 것에만 전적으로 매달리게 된다. 세상적인 것에만 매달려서는 삶에 큰 의미가 없고 또한 실망하기가 쉽다. 세상적인 일에는 헛된 것이 많기 때문이다. 성경의 전도서에서 세상적인 것은 "헛되고 헛되다. 모든 것이 헛되다(전도서 12 : 8)"라고 했다. 바로 하나님을 떠나서 행복하게 살아보려는 노력의 허무함을 보여주고 있는데, 여기에는 우리 인간이 갈망하는 것들, 즉 돈, 권력, 쾌락 등이 포함된다. 그래서 하나님과 관계없는 인생은 공허와 혼란뿐이라고 말한다. 허무란 영원한 가치가 없는 것, 잠시 후에 지나가는 것이라고 한다. 그래서 창조자를 기억하고 경외하며 그분의 명령을 지키라고 한다. 그래야 인생의 허무에서 벗어날 수 있으며 심판에서 살아남을 수 있다는 것이다.

나는 부족하긴 해도 믿는 자이기 때문에 하나님의 말씀에 순종하려고 최대한 노력하고 있다. 하나님을 믿음으로 해서 세상일에 덕을 보겠다는 생각이 없지는 않지만 하나님의 자녀가 되었으니 그런 이해관계를 떠나 하나님을 조건 없이 따르게 되는 것이다. 세상에는 하나님을 믿으면서도 일이 잘 안 풀리면 하나님을 원망하는 사람들이 있다. 하나님을 믿으며 기도해도 잘 안 되는 일은 있는 법이다. 영국의 작가 클리브 루이스가 "내가 살아오면서 드린 그 어리석은 기도들을 하나님이 모두 이루어 주셨더라면, 과연 나는 지금 어떻게 되어 있을 것인가?"라고 한 말이 충분히 이해가 가는 것이다.

헤롤드 쿠쉬너의 책 『왜 선한 사람에게 나쁜 일이 생기는가? *When bad things happen to good people*』를 통해서 누구에게나 어려운 일은 일어날 수 있다는 것을 알게 된다. 교회에 나가면서 열심히 일하고 기도하는데도 불구하고 왜 좋지 않은 일이 일어날 수 있는지 의아해했던 과거의 생각이 잘못되었다는 것을 깨닫게 된다. 성경 욥기에 나오는 욥은 믿음이 좋고 흠 없는 사람이었지만 많은 시련을 겪었다. 그러나 그는 어려움을 겪으면서도 하나님을 끝까지 신뢰했으며, 그 결과 큰 축복을 받았다.

하나님과 함께하는 시간은 후회스럽지 않다. 나는 세상적인 모임에서는 후회스럽고 실망스러운 일을 많이 경험했지만 하나님 이름으로 행해지는 일에서는 그렇지 않았다.

또한 나는 지금까지 살아오면서 상당한 분량의 신앙체험을 했다. 크고 작은 일들에서 하나님의 손길을 느끼고 있다. 일일이 다 기술할 수는 없지만 나의 믿음과 관련하여 세 가지 이야기를 해 보고 싶다.

첫째, 하나님을 나의 삶의 인도자로 그리고 나의 경계선으로 삼는 것이다. 앞 장의 울타리라는 것과는 다소 다른 이야기이다. 이미 언급한대로 나는 여러 직장을 거쳐 교수가 되었다. 그것은 하나님의 뜻이었다고 믿는다. 하나님의 말씀 그대로다. "사람이 마음으로 자기의 길을 계획할지라도 그 걸음을 인도하시는 이는 여호와시니라 (잠언 16 : 9)". 나는 스스로 나의 길을 찾아나섰지만 지나고 보니 그것은 하나님의 인도와 은혜라고 생각된다.

하나님을 나의 경계선이라고 하는 것은 나의 삶에서 매우 중요한 것이다. 그것은 절제, 즉 '해야 할 일'과 '하지 말아야 할 일'의 구분을 말한다. 나는 주변에 네 부류의 사람 또는 대상이 있어야 세상을 의미 있게 제대로 살 수 있다고 본다. 그것은 조언해 줄 사람(mento), 경쟁자, 존경대상자(인물), 그리고 두려운 대상이다.

여기서 경계선을 지키는 데 필요한 '두려운 대상'에 대해 이야기 해보고 싶다. 나는 대학에 입학하기 전에는 잘못을 저질렀을 때마다 부모님으로부터 핀잔을 들었지만 대학에 입학한 이후로는 누구에게도 꾸중을 들어본 적이 없다. 다만 결혼한 후로 아내로부터 잔소리

같기는 하나 나의 잘못에 대해 가끔 지적을 받을 뿐이다. 주변으로부터 나의 잘못에 대해 꾸중을 듣지 않은 것은 내가 잘못이 없었기 때문이 결코 아니다. 그것은 내 잘못을 다른 사람들이 잘 몰랐거나 알았더라도 덮어주었기 때문이다.

그런데 중요한 것은 하나님이시다. 우리는 어떤 잘못을 해도 사람은 얼마든지 속일 수 있다. 그러나 하나님은 속일 수 없다. 또한 우리는 우리가 하는 일이 잘못되었음에도 불구하고 그 잘못을 모르고 지나갈 때가 있다. 그래서 하나님은 말씀하신다. "사람의 행위가 자기 보기에는 모두 깨끗하여도 여호와는 심령을 감찰하시느니라(잠언 16 : 2)".

우리 인간은 누구도 죄에서 자유로울 수 없다. 그것은 성경에서 분명하게 확인할 수 있다. 간음한 여자는 돌로 쳐죽이는 율법 하에(요한복음 8 : 5), 간음한 여자를 두고 사람들이 예수님께 그렇게 하길 원했다. 그러자 예수님께서는 "너희 중에 죄 없는 자가 먼저 돌로 치라(요한복음 8 : 7)" 하시니 아무도 그러지 못했다. 그것이 인간의 한계일지 모른다. 그러니 우리의 죄를 사하여 주시기 위해 하나님이 그의 독생자 예수를 이 땅에 보내 피 흘려 죽게까지 하신 것이다.

(사)두란노 아버지학교 교육의 일환으로 하나님 앞에 나의 죄를 털어놓을 수 있는 기회가 있었다. 살아오면서 어렸을 때부터 알게 모르게 지었던 죄를 돌이켜 보니 얼마나 많은지 두려울 정도였다. 물론 그것은 인간의 잣대가 아닌 하나님의 잣대로 판단한 것이다.

그 많은 죄를 짓고서도 살고 있다니 부끄럽기도 하고 내 자신이 얄밉기까지 했다. 결국 아버지학교는 내가 알게 모르게 지은 죄에 대한 회개의 기회를 주었을 뿐만 아니라 그후의 삶에 대한 새로운 결심을 하는 전기도 되었다. 이것이 내가 아버지학교 현장을 다니며 물질과 시간을 들여 헌신하는 이유 중의 하나이다.

사람은 간사하기도 하고 연약하기도 하여 죄에 빠질 유혹에 넘어가기 쉽다. 문 밖에만 나가면 유혹의 그림자가 여기저기에 드리워져 있다. 마귀라고도 불리는 사탄은 온갖 감언이설로 우리를 유혹하여 위험에 빠뜨리려 하지만 하나님은 우리의 뒤에 계시면서 옳은 길로 가도록 인도하시는 것 같다. 뒤에 계시니 기도하지 않으면 절대로 만날 수 없다. 주먹이 법보다 가깝다고 하는 것처럼 하나님의 말씀보다는 달콤한 유혹이 가까이에 있는 것이다.

그 유혹을 이기기 위해서는 하나님께 의지하며, 하나님을 두려워하는 수밖에 없다. 『죄와 벌』의 작가 도스토예프스키는 "하나님이 없으면 못할 것이 없다"고 했다. 요셉이 보디발의 집에 종으로 있을 때 보디발 아내의 성적 유혹을 거절할 수 있었던 것도 하나님과의 동행 속에서 확고한 믿음의 경계선이 있었기 때문일 것이다.

둘째, 하나님을 따르려면 하나님의 뜻에 맞는 아름다운 꿈을 가져야 한다는 것이다. 조엘 오스틴의 "아름다운 꿈을 가져야 하나님이 역사하신다"란 말이 마음에 와 닿는다. 필립 체스터필드의 『아름다운 꿈을 지니고 그 꿈을 위해 살아라』란 책을 통해서도 삶에 많은 도움이 될 것으로 확신한다. 이 책은 아버지가 아들에게 들려주는 삶의 지혜를 담은 에세이집으로, 저자 자신의 경험을 통해 자식이 가능한 시행착오를 거치지 않고 자신의 길을 갈 수 있기를 바라는 아버지의 마음을 고스란히 담고 있다.

하나님은 지금까지 나의 꿈을 거의 다 이루어주셨다. 그러나 미국에서의 박사학위 취득은 허락하지 않으셨다. 어려운 줄 알면서도 나는 미국유학을 고집했었지만 결국 박사학위를 포기해야 했다. 그것을 포기하고 귀국해 보니 풀어야 할 나의 문제는 심각했다. 그동안 직장생활을 하며 모아두었던 약간의 돈과 작은 아파트 전세금을 미국에서 다 쓰고 귀국했으니 돈이 없음은 물론, 기거할 방도 없었던 것이다. 그럼에도 불구하고 나는 박사과정 공부를 계속하고 싶었다. 그래서 취업해서 파트타임으로 박사과정을 다니기로 하고 서울대학교 대학원에 입학했다.

이제 해결해야 할 문제는 살 집을 제공받고 대학원에도 마음대로 다닐 수 있는 직장을 구하는 일이었다. 경력도 아직 출중하지 못한데 누가 그런 좋은 직장을 주겠는가 생각하니 쓴웃음이 절로 나왔다. 내가 일하고 있는 사료업계는 전문가가 비교적 많은 편이다. 그러나 나는 간절하게 기도했다.

기도한 지 약 2개월이 지나 하나님은 나의 기도에 응답해 주셨다. 축산업협동조합에서 그렇게 해보라는 것이다. 간절한 기도의 결과였다. 하나님 말씀에 "너희가 기도할 때에 무엇이든지 믿고 구하는 것은 다 받으리라 하시니라(마태복음 21 : 22)” 하지 않았는가!

지금 와서 생각해 보면 내가 박사학위를 위해 미국행을 고집했던 것 자체가 옳지 않은 꿈이었던 것 같다. 주변에서 찬성하는 사람이 없었으니 그건 순전히 내 아집이었다. 당시 포기하지 않았다면 미국에서 박사학위는 받았겠지만 내 주변은 아마 엉망이 되었을 것이다. “마땅히 생각할 그 이상의 생각을 품지 말라(로마서 12 : 3)” 는 하나님의 말씀처럼 그것이 나의 한계였던 것 같다.

어쨌든 좋은 경험을 했고 많은 것을 느꼈다. 기도하지 않은 무례한 소망은 이루어지지 않는다는 것을 비로소 깨달았으며, 그래서 중도포기하게 한 것도 하나님의 뜻으로 여겨진다. 무엇이든지 밀어붙이면 되는 줄 알았던 내가 안 되는 것도 있다는 것을 알게 되었고, 내가 하는 일이 옳다고 하더라도 주변 사람들에게 지나친 도움을 요청하거나 희생을 강요해서는 안 된다는 것도 알게 되었다. 다행스러운 일이 아닐 수 없다. 이 시대 우리 주변을 둘러보면 자신의 출세나 안위를 위해 남의 입장은 조금도 개의치 않는 사람들이 얼마나 많은가?

셋째, 하나님은 나의 인도자이기도 하지만 영원한 후원자(suppor-ter)란 것이다. 하나님은 믿는 자를 외면하지 않으신다. 이것은 매우 진솔한 나의 간증 중의 하나이다. 대학교수가 된 것보다 내게 더 중요한 하나님의 역사는 대학교수로 부임한 후 지금까지 매년 나에게 필요한 연구비를 충당해 주신다는 사실이다. 지난 10여 년간 연구실을 꾸려오면서 박사후 연구원생(postdoc), 분석실 요원, 그리고 대학원생 등 10여 명이 지속적으로 연구 활동에 참여해 왔다.

매년 10여 과제의 연구를 하는데 거기에 필요한 비용과 그들의 인건비, 그리고 대학원생들의 등록금을 충당하기란 결코 쉬운 일이 아니었다. 학교 자체로서는 연구비를 전혀 주지 않기 때문에 외부 연구지원기관의 공모에서 경쟁하여 수주하여야 한다. 대학에서는 대학원생들에게 극히 일부를 제외하곤 전액 장학금도 주지 않기 때문에 그것도 내가 해결해야 한다. 대학원생들은 등록금을 조달해 주지 않으면 오지 않는다. 나는 나와 같이 연구활동하는 대학원생들은 내가 등록금과 생활비를 해결해 주어야 한다는 강한 의지를 가지고 있다.

그런 가운데서 한 해도 빠짐없이 외부연구비가 충당되어 왔으며 부족하긴 해도 외부 특강료와 자문료로 대학원생들의 등록금을 확보할 수 있었으니 얼마나 다행한 일인가? 연구를 하기 위해 갖추어 놓은 인프라(연구원 등)를 유지하기 위해서는 지속적으로 연구비가 있어야 한다. 어떤 때는 연구비 때문에 고민하다 보면 생면부지의 회사에서 연구제안서와 더불어 연구비를 보내주기도 했다. 이건 나의 능력이라기보다 하나님의 간섭이자 배려인 것이다.

미국에서 귀국하여 백수로 놀고 있던 때인 1991년 성탄전야의 일이 생각난다. 마땅히 정해 놓은 교회가 없었기 때문에 수원의 작은 개척교회에 출석했다. 젊은 목사님 부부와 한 가정, 그리고 유치부 정도의 코흘리개 아이들 등 모두 10여 명이 모여 성탄전야 축제를 하고 있었다. 이어 헌금함이 돌았다. 그런데 헌금함에는 어린 아이들이 넣는 100원짜리 동전 몇 개가 전부인 것 같았다. 내 주머니를 확인해 보았다. 비상금으로 남겨둔 돈이 조금 있었다.

사실 귀국 후 실업자로 있으면서 경제적으로 고통이 컸다. 용돈이 거의 없었다. 시골 어머니나 동생들에게 용돈을 달라고 하기가 참으로 부끄러웠다. 그나마 어머니가 주시던 최소한의 돈으로 생활했다. 지인들에게 도움을 요청해도 되었지만 그건 자존심이 허락하지 않았다. 어떤 때는 여관에서 잠잘 돈이 부족하여 기차역 대합실에서 자기도 했고, 값싼 독서실에서 자기도 했다. 끼니도 가장 싼 것으로 때웠다. 하지만 나는 당시 내 주머니에 있던 돈 전부를 헌금했다. 많지는 않지만 그 돈이면 내가 상당기간 편하게 잠자며 맛있는 음식을 사 먹을 수 있을 만한 액수였다. 언제 취직이 될지 몰라 아끼던 돈이었지만 작은 교회의 하나님께 드리면 더욱 요긴하게 쓰일 것 같아 그렇게 하였다. 내 주머니를 몽땅 비운 것이다. “주신 자도 여호와시요 취하신 자도 여호와(욥기 1 : 21)”라고 하지 않았는가! 우리의 생명도 그러하거니와 물질이야 말할 것도 없었다. 당장 잠자고 먹을 것을 걱정해야 했지만 어떻게 되겠지라고 생각하니 기분이 좋았다. 마가복음 12장을 보면 부자의 많은 헌금보다 가난한 과부의 두 렙돈에 하나님은 더욱 의미를 부여하셨다. “내가 진실로 너희에게 이르노니 이 가난한 과부는 연보 궤에 넣는 모든 사람보다 많이 넣었도다. 저희는 다 그 풍족한 중에서 넣었거니와 이 과부는 그 구차한 중에서 자기의 모든 소유 곧 생활비 전부를 넣었느니라 하시니라(마가복음 12 : 43~44)".

『채워주심(이상혁)』이란 책을 보면 채움은 비움에서 시작된다고 한다. 미하엘 코르트가 쓴 『비움』이란 책에서도 저자는 "채우기 위해서는 먼저 비워야 한다"는 단순하면서도 소중한 진리를 전해주고 있다. 비움은 새로운 채움의 시작이다. 어려워도 아낌없이 순수하게 드리는 것이 좋다. 미하엘 코르트는 또한 "하나님은 우리에게 복을 주시기를 원하신다. 하나님께서 채워주시는 복은 누구나 받을 수 있다. 그러나 하나님은 당신의 복을 내려주시기 전에 먼저 마음속에 있는 뭔가를 보시기 원하신다. 그것은 순수한 마음이며 하나님은 중심을 보시는 분이시다"라고 했다. 돌이켜 보면 지난날 나에 대한 하나님의 배려는 놀라웠다. 첫째 아이와 둘째 아이가 음악을 전공하고, 지방대학의 하찮은 교수인 내가 어려운 여건에도 불구하고 국내 유수의 대학교수들과 비교하여 결코 뒤지지 않는 연구활동을 해왔다는 것은 과분한 하나님의 은혜가 아닐 수 없다.

하고 싶은 말이 더 있다. 나는 아직도 꿈이 많다는 것이다. 그 꿈을 향해 더 뛰고 싶다. 내 자신과 내 가족의 문제도 중요하지만 하나님과 주변의 많은 사람들에게 물심양면으로 크게 '빚진 자'로서 앞으로 주변의 어려운 사람들에게 내가 진 빚을 갚는다는 것 이상으로 많은 도움을 주면서 살고 싶다.

내가 대학에 진학한 후 꿈을 키울 때 한 분야의 전문가가 되면 농촌을 더 잘 도울 수 있을 거라는 생각을 했는데, 지금의 지식과 경험으로 농촌과 국가에 많은 도움이 되는 일을 하고 있으니 다행스러운 일이다. 또한 하나님을 믿는 교회 장로로서 그리고 두란노 아버지학교 스태프로 봉사하면서 이웃들에게 하나님의 사랑을 전할 수 있음은 더욱 보람 있는 일이 아닐 수 없다. 모든 것을 하나님께 감사드린다.

나는 교수직에 있으면서도 하나님이 기뻐하실 일을 하지 못한다면 차라리 정년 전에 대학을 떠나야 할 것이라고 생각한다. 앤디 스탠리는 그의 저서 『비저니어링 *Visioneering*』에서 "하나님이 당신을 그곳에 있게 하신 데는 이유가 있다"라고 했다. 나를 대학에 있게 하시는 하나님의 뜻이 무엇인가에 대해 고민하지 않을 수 없다. 나는 2008년 우리 대학 학장직을 수행할 때 2년 임기를 1년으로 단축하여 끝냈다. 주변에 나를 아끼는 분들이 간곡히 만류했지만 아닌 것은 아니었다. 하나님은 "너희가 먹든지 마시든지 무엇을 하든지 다 하나님의 영광을 위하여 하라(고린도전서 10 : 31)"고 하셨는데, 내가 학장직을 스스로 단축한 것은 남들 만큼 능력이나 일할 용기가 없어서가 아니라 다만 기도 중에 하나님께 큰 영광이 되지 못한다는 생각이 들었기 때문이었다.

의사이면서 신학자로도 활동했던 슈바이처 박사가 한 말은 나에게 도전이 되고 있다. "내가 누리고 있는 행복을 당연한 것으로 받아들여서는 안 된다. 나는 이 행복의 대가로 이 세상에 무엇인가 주어

야 한다". 그리고 30세에 아프리카 선교사로 떠나면서 "지난 30년
은 나 자신만을 위해 살아왔으니 이제 앞으로 30년은 남을 위해 살
겠다"라고 했다.

대학교수가 되었으니 일은 적당히 하고 그 자리를 즐긴다면 이것
은 말이 안 된다. 우리 교회 김주환 담임 목사님이 설교 중에 하신 말
씀을 나는 여러 번 되새겨 본다. "나는 여의도에서 울 테니 김 목사
는 춘천에서 울어라". 이것은 목사님이 춘천에서 교회를 개척한 후
부흥이 잘 되지 않아 여의도 순복음 교회 조용기 목사님을 찾아갔을
때 그분이 하신 말씀이라고 한다. 나 역시 강원대에서 교수로 있는
한, 대학과 학생들에게 도움이 되고 하나님께 영광이 되도록 울고
또 울어야 한다. 운다는 것은 기도하며 하나님의 뜻을 받든다는 의
미일 것이다.

나를 이 세상에 보내주신 하나님의 뜻을 아직도 잘 모르지만 하나
님의 뜻이 있다면 무엇이든지 할 수 있고 이루어지지 않겠는가! 그
러기 위해서는 나 자신을 위한 안위한 꿈은 내려놓아야 한다. 캘빈
밀러의 『빈손 *The power in letting go*』이란 책을 보면 "자신의 꿈을 내려
놓을 때 비로소 우리는 정말 중요한 삶을 살기 시작한다"라고 했는
데, 나의 생각이나 꿈이 단순히 나의 의지만이 아니고 하나님의 비
전과 동일시될 수만 있다면 얼마나 좋겠는가?

이제는 내가 이 세상에서 남은 삶이 얼마인지는 모르지만 그 시
간들을 가장 보람 있고 하나님 보시기에 아름답게 보내게 해 달라

고 기도하고 싶다. 데이빗 씨맨즈는 『좌절된 꿈의 치유』란 책을 통해 "진퇴양난의 상황이 우리의 모든 계획들을 포기해야 할 만큼 심각할 때, 우리는 하나님이 우리 마음의 깨끗한 석판 위에 그분의 계획을 쓰시길 기다리게 된다"고 했는데 앞으로 계획하고 행하는 모든 일에 하나님의 뜻이 담길 수 있도록 하나님이 직접 인도자가 되어 주시고, 결코 어려움으로 인해 번민하거나 좌절을 느끼지 않도록 기도하는 바이다. 내가 좋아하는 복음성가 한 구절 〈일어나 걸어라〉를 소개하면서 늦깎이 교수인 나의 삶 이야기 『빚진 자』를 마치고자 한다.

나의 등 뒤에서 나를 도우시는 주
나의 인생 길에서 지치고 곤하여
매일처럼 주저앉고 싶을 때 나를 밀어 주시네
일어나 걸어라 내가 새 힘을 주리니
일어나 너 걸어라 내 너를 도우리

자신을 돌아보기

- 나는 어떤 종교를 가지고 있으며 그 이유는 무엇인가?
- 하나님이 나를 도우신다고 확신하는가?
- 나는 하나님이 기뻐하실 일을 하고 있는가?
- 헌금에 대한 자신의 의견을 제시하여 보자.

김주환 목사 순복음춘천교회 담임목사

"나의 가는 길을 오직 그가 아시나니 그가 나를 단련하신 후에는 내가 정금 같이 나오리라(욥기 23 : 10)".

『빚진 자』의 저자 채병조 교수는 동해 가난한 산골마을 농부의 6남매 중 장남으로 태어나 쌀밥 한 그릇 맘껏 먹지 못하고 여섯 살 때부터 지게를 지고 아버지의 농사일을 도우며 자라난 시골 소년이었다. 초등학교 6년 동안 운동화 한 번 신어보지 못하고 엄마가 장에 가서 검정고무신을 사다 주었을 때 너무 좋아 그 신발을 가슴에 품고 잠을 자기도 했다는 그의 글을 읽으면서 가난의 설움이 어떤 것인가를 새삼 느끼지 않을 수 없었다. 과거 어려운 환경 속에서도 낙심하거나 포기하지 아니하고 대학에 진학하여, 오늘날 국립대 교수가 되어 짧은 기간에 수많은 논문을 발표하였고 교육 및 연구부문 우수교수상을 위시하여 세계 유수의 인명사전인 미국 마르퀴즈 후

즈 후, 영국의 IBC에 등재된 유명교수가 되었다. 그는 "나는 내가 이 세상을 살면서 크리스천이 된 것이 가장 감사하고 자랑스럽다" 고 고백하는 신실한 믿음의 사람이요, 교회장로로서 헌신과 충성을 다하고 있다.

나는 그의 『빚진 자』라는 자서전을 읽어보면서 그의 해박한 지식과 독서량에 감탄하지 않을 수 없었다. 그가 인용한 책의 내용과 더불어 그의 이야기는 우리 모두 삶의 교훈으로 받아들이기에 보옥 같은 내용이었다. 부모공경, 가정생활, 학교생활, 직장생활, 사회생활, 신앙생활 등 가슴에 다가온 훌륭한 스승이 되기에 부족함이 없었다.

특히 삶의 좌표를 설정하지 못하고 방황하고 있는 젊은이가 있다면 필히 이 책을 읽는 것을 권하고 싶다. 그리고 주어진 자기 삶에 목마름이 있다면 빚진 자의 글 속에는 목마름을 해갈해 줄 수 있는 생수가 흐르고 있음을 깨닫게 되고 맛볼 수 있게 될 것이다.

　지금까지 인도하시고 도우시고 축복하신 하나님의 은혜에 진심으로 감사드린다.

* 김주환 목사님은 제가 섬기고 있는 교회의 담임목사님으로 저의 신앙생활에 큰 도움을 주고 계시는 분이십니다.

한인규 박사 목운문화재단 이사장 겸 서울대학교 명예교수

이번에 필자가 가장 아끼고 사랑하는 제자 채병조 교수가 자신의 이야기 『빚진 자』라는 책을 발간하게 된 것을 진심으로 축하해 마지않습니다.

이 책은 구성도 잘 되어 있지만 문장도 쉽게 표현되어 있습니다. 그는 자신의 어린 시절 이야기를 있었던 일 그대로 기술하였습니다. 보통 사람 같으면 자존심 상한다고 쓰지 않았을 내용도 기록해 놓았습니다. 어쩌면 그는 자기의 지난날 불우했던 삶에 대하여 그만큼 자긍심이 있었는지 모릅니다. 그의 어린시절이 그렇게 비참하리만큼 힘겨웠기 때문에 오늘날 적은 수확에도 감사와 행복을 느낄 줄 아는 사람이 되었는지 모릅니다. 문장 여기저기에서 나타난 여러 권의 교양서적의 인용도 매우 적절하였고 특히 필요한 곳에서 알맞은 성경구절을 인용한 것이 크게 돋보였습니다. 아직 꿈을 제대로 설정

하지 못했거나 하나님을 만나지 못한 청년들이 특히 귀담아 들어야 할 소중한 가르침이 이 책에 담겨 있다는 것을 강조하고 싶습니다.

바라건대 교수이면서 장로인 그가 앞으로 교수생활과 교회생활을 더욱 알차게 영위함으로써 하나님과 사람들로부터 더욱 사랑받는 자가 되기를 바랍니다. 어떤 의미에서 보면 우리는 모두 빚진 자의 삶을 살아가고 있는지 모릅니다. 그러니까 내가 받았던 도움과 사랑을 젊은 학생들과 이웃에게 베풀어야 하지 않을까요? 앞으로 채병조 교수의 나눔의 꿈이 이 땅에서 꼭 실현되기를 기원합니다.

채병조 교수의 이 『빚진 자』가 하나님께 감사하고 하나님의 영광을 드러내는 일에 큰 도움이 되기를 바라고 채병조 교수 내외의 더 큰 꿈이 꼭 이루어지기를 기대합니다.

* 한인규 교수님(장로님)은 저의 대학원 시절 지도교수님으로 학문적 가르침은 물론이고 저의 삶에 많은 영향을 주신 분입니다.